KLEINE
BIBLIOTHEK
NORDEUROPA

Carl Jonas Love
Almqvist

Die Woche mit Sara

Ein Bild aus dem Leben

Illustrationen von Albrecht von Bodecker

*Aus dem Schwedischen übertragen
von Anne Storm*

Hinstorff Verlag Rostock

Originaltitel: Det går an. En tavla ur livet
Mit einer Nachbemerkung versehen von Anne Storm

ISBN 3-356-00239-2

1. Auflage 1989. Lizenz-Nr. 391/240/19/89
Printed in the German Democratic Republic
Schutzumschlag und Einband: Albrecht von Bodecker
Herstellung: Offizin Andersen Nexö, Leipzig
Bestell-Nr. 522 954 6

00760

Erstes Kapitel

Ein ansprechendes und merkwürdiges Zwischending!
Kein Mädchen vom Lande, erst recht keine Bauerndirne
– doch auch nicht richtig von besserem Stand

An einem schönen Donnerstagmorgen im Monat Juli strömten viele Leute an der Riddarholmkirche in Stockholm vorbei und eilten den Hügel zwischen Kammergericht und Staatskontor hinab, um rechtzeitig unten am Mälarufer zu sein, wo die Dampfschiffe lagen. Alle eilten zur »Yngve Frey«, liefen rasch über den Landgang, denn die Zeit zur Abfahrt war schon gekommen, und der Kapitän kommandierte: »Besucher von Bord!«

Die Besucher nahmen deshalb hastig Abschied von ihren abreisenden Freunden und gingen zurück ans Ufer. Der Laufsteg wurde eingeholt, und der Dampfer legte ab. Nach einigen Minuten war er weit draußen auf dem Wasser.

»Vergebens! Zu spät, liebe Frau!« murmelte der eine oder andere Reisende belustigt vor sich hin, als man eine ältliche Frauensperson zum Riddarholmufer herunterkommen sah, die sich mit Taschentuchwinken und heftigen Gebärden als Passagier zu erkennen gab, der mitgenommen werden wollte. An Land lag keine Schaluppe bereit, und der Dampfer war schon bei Owens angelangt, ja, er schoß pfeilschnell am Garnisonskrankenhaus vorbei.

Als man jedoch von einer jungen Reisenden auf dem Vorderdeck ein paar halblaute Rufe »Tante! Tante!« hörte – sie schien sich zu genieren, laut zu rufen, war jedoch offenbar bedauerlicherweise von einer Verwandten getrennt worden, wahrscheinlich einer Reisebegleiterin, mit der sie gerechnet hatte und die ihr wichtig war –, da entstand unter den Passagieren eine gewisse, wenn auch rasch vorübergehende Bewegung.

Aber man ist oft so egoistisch, daß man seinen Nächsten vergißt, und Leute, die Billetts für Salon und Achterdeck gekauft haben, fragen nicht sonderlich danach, was dem Pöbel dort vorn auf dem Vorderdeck und an der Back widerfährt. Die »besseren« Reisenden waren diesmal ältere Herren, die fast alle verdrossene Gesichter machten. Sie wurden von Frauen begleitet – und von Kindern, nicht gerade vom jüngsten Jahrgang, aber in dem unreifen Alter, in dem die Naivität verschwunden und noch nicht durch Gefühl und Vernunft ersetzt ist. Solche Menschen sind höchst egoistisch, und das aus verständlichen Gründen. Diese wohlerzogenen Kinder sind für gewöhnlich außerstande, sich selbst zu helfen, so daß sie jeden Augenblick Hilfe verlangen: einmal ist der Schnürsenkel aufgegangen, dann ein Handschuh ins Wasser gefallen; einmal sind sie hungrig, dann durstig, und die ganze Welt ist für sie aus den Fugen. Das macht die Reise sehr beschwerlich für ihre Mütter, die genug Mühe mit sich selbst haben, um die schmalen Schiffstreppen hinauf und hinunter zu gelangen. Und die Familienväter? Sie versuchen sich zwar mit Tabakschnupfen und Zeitunglesen aufzumuntern, aber auch das scheint nicht zu helfen. Sie können anderen Leuten nicht viel Aufmerksamkeit widmen, da sie genug mit ihrer Selbsterhaltung zu tun haben, mit ihren Frauen, ihren Kindern. Vor allem aber müssen sie mit großer Sorgfalt überlegen, was sie wagen könnten, an Bord zu verzehren, ohne sich völlig den Magen kaputtzumachen. Der Grund ist ganz natürlich: Wenn die reine Freude der Seele – das beste Heilmittel für die Unpäßlichkeiten und Schwächen des Körpers – fehlt, ist man ständig für alles mögliche anfällig, einem wird übel von dem, was man ißt, und von dem, was man nicht ißt. Viele Herren hier hatten noch die Nachwirkungen der Cholera in Erinnerung. Kein Wunder also, daß jeder nur an sich selbst dachte und mit würdevollem Gehabe, das einem römischen Senator angestanden hätte, überlegte, erwog, Rat einholte und schließlich, soweit möglich, den Plan für die Verpflegung und weitere wichtige Umstände während der Reise festlegte.

Wäre unter den Passagieren der Salonklasse eine jüngere und unverheiratete Mannsperson gewesen, hätte sie vermutlich Zeit gehabt, das arme Frauenzimmer auf dem Vorderdeck, das von seiner Tante getrennt worden war, zu bemitleiden, zumindest zu ergründen, wie die Verlassene aussah, und nach ihrem Namen zu fragen.

Diesmal befand sich unter den besseren Leuten auf der »Yngve Frey« keine derartige Mannsperson. Doch unter den Passagieren auf dem Vorderdeck war ein hochgewachsener, hübscher Unteroffizier – ja, ohne Vorbehalt gesagt, ein Sergeant –, der sich, aus Geldmangel oder anderen Gründen, auf dieser Reise mit einem Decksplatz begnügte. Zuvorkommend und manierlich unterhielt er sich indes mit dem einen und anderen Familienmitglied unter den Salonpassagieren. Er wurde von ihnen nicht abgewiesen, denn sein Schnurrbart war dunkel, hochgezwirbelt und beinahe schön, sein Tschako schmuck genug, um den Frauen nicht zu mißfallen, und eine gewisse Männlichkeit in seinem Wesen bewirkte, daß sich die sonst vornehmen und steifen Herren-Väter auf ein Gespräch mit einer Person einließen, die das stille Versprechen in sich zu tragen schien, nicht auf der Unteroffiziersstufe stehenzubleiben, sondern mit der Zeit, wenn auch nicht die Bahn eines Hauptmanns oder Majors, so doch die eines Leutnants einzuschlagen.

Der junge adrette Sergeant hatte sie, die von ihrer Tante getrennt worden war, auf dem Vorderdeck erspäht, und es weckte seine Aufmerksamkeit, daß sie statt des kleinen, niedlichen Frauenhutes aus weißem Kambrik, den sie bei der Abreise getragen und dann hatte verschwinden lassen, nun ein Seidenkopftuch über den Scheitel gebunden hatte, wie es die Dienstmädchen zu tragen pflegen. Man mußte sich also fragen: War diese Reisende Demoiselle oder Mädchen? Und – was sie auch sein mochte – wie kam es, daß sie die Kopfbedeckung gewechselt hatte?

Der Sergeant, dessen Interesse durch ihr Mißgeschick geweckt war, begann sich mehr und mehr auf dem Vorderdeck aufzuhalten, wohin er rechtens auch gehörte, und er war immer weniger auf das Gespräch mit der Salon-Noblesse erpicht. Mir scheint, sagte er zu sich selbst, daß dieses hübsche Mädchen Demoiselle ist – irgendwoher aus der Provinz wahrscheinlich – und sich auf dem Weg nach Hause befindet, sie wird begleitet und beschützt von einer älteren Verwandten, die durch ihre Kaffeetasse gehindert wurde, rechtzeitig den Dampfer zu erreichen. Das Mädchen legt nun schnell den Hut und damit das Aussehen einer Demoiselle ab, um den unschicklichen Eindruck einer Reise ohne Begleitung zu vermeiden. Mit dem Umbinden des Kopftuchs macht sie sich zur Jungfer, gleich den übrigen vier, fünf Jungfern hier auf dem Vorderdeck, und als eine von ihnen kann sie nun, zumindest die ganze Strecke über den Mälarsee, ohne üble Nachrede reisen, auch ohne Tante.

Richtig gedacht oder nicht – den Sergeanten beschäftigte der kleine Auftritt. Aber ob das Mädchen nun von besserem oder niederem Stand war, verblieb für ihn unklar; jedenfalls war sie recht nett und hübsch in ihrem dunkelblauen Mantel. Das große Seidentuch aus feinem zartrosa, fast weißem Stoff mit schmalen grünen Streifen hier und da, das sie unter dem Kinn gebunden und über dem Kamm im Nacken geschmackvoll zu einem Kopftuch – oder Häubchen, wie es früher geheißen haben mag – drapiert hatte, gefiel dem Sergeanten und ließ ihn den Kambrikhut nicht vermissen.

Er ging hinunter zum Kapitän, um Auskunft über sie

einzuholen. Nach einigem Suchen in der Passagierliste stellte er fest, daß sie Sara Videbeck hieß und Glasermeisterstochter aus Lidköping war. Eine ungewöhnlich ausführliche Auskunft auf der Passagierliste eines Dampfers! Aber das kam daher, daß sie ihren Paß mithatte, den Dampferpassagiere sonst selten bei sich führen, und daß sie so viel Ordnungssinn besaß, ihren Paß während der Reise beim Kapitän zu deponieren, um gegen alle Mißgeschicke gesichert zu sein.

Der Sergeant saß in Gedanken versunken unten im Speisesalon – wohlgemerkt, im Speisesalon! –, zu dem die Passagiere vom Vorderdeck, zumindest diejenigen, die mutig und flott genug waren, während der Mahlzeiten Zutritt haben. Es war nun etwa Frühstückszeit, oder man machte diese Stunde dazu, indem man sich etwas zu essen bestellte. Der Sergeant überlegte. Eine Glasermeisterstochter aus Lidköping – das ist eine Kleinstadt, weit, weit von Stockholm entfernt. Eine Demoiselle? In gewisser Weise, ja. Eine Bürgerstochter, doch von niederstem bürgerlichem Stand. Ein ansprechendes und merkwürdiges Zwischending! Kein Mädchen vom Lande, erst recht keine Bauerndirne – doch auch nicht richtig von besserem Stand. Als was sollte man sie eigentlich betrachten? Wie nennen? Irgend etwas ist unergründlich an dieser Zwischensorte. Werden sehen. »Ein Beefsteak, bitte!«

Das Frühstück brachte eine willkommene Pause in die verworrenen und ergebnislosen Gedankengänge des Sergeanten. Als das Beefsteak aufgegessen war, sagte er sich: Wahrhaftig, zum Teufel auch, mit mir ist es ja genauso. Was, par exemple, bin ich für einer? Kein Soldat. Kein Offizier. Nicht von niederem Stand und von höherem auch nicht richtig. Wir werden sehen – verteufelt! »Ein Porter, bitte!«

Nach dem Porter stand der Sergeant auf, zwirbelte seine Schnurrbartspitzen, spuckte in weitem Bogen in die linke

Salonecke und bezahlte sein Frühstück. Hm! dachte er, Sara – Vid…, Vid… hat heute morgen nichts verzehrt. Ich habe Lust, hinauf an Deck zu gehen und zu erkunden, ob man sie ansprechen kann – oder einladen? Ob sie, par exemple, essen möchte?

Die Gedankengänge des Sergeanten (nach wie vor etwas verworren) führten auch diesmal zu keinem Ergebnis, und er brach sie vorerst ab. Die Stiefel wurden begutachtet und für blank, der Tschako für sauber gebürstet und flott befunden. Mit zwei elastischen Sprüngen nahm der junge ranke Krieger die Treppenstufen nach oben, und, wieder an Deck, sah er sich um und musterte den Vordersteven des Dampfers.

Das erste, worauf sein Blick fiel, war eine Gruppe von Mädchen aus der Provinz Dalarna, die vor den bereits erwähnten vier, fünf anderen Mädchen, zwischen denen sich ein rosafarbenes Kopftuch bewegte, stand, dazu noch ein paar rußige Maschinisten. Der Sergeant näherte sich. Er hörte die Dala-Mädchen Ringe aus Roßhaar feilbieten, schwarze, weiße, grüne, rote, mit Namen und Sinnsprüchen eigenartig verziert. Sie wollten die anderen Mädchen zum Kaufen bewegen, aber die waren geizig und feilschten. Jene mit dem rosa Kopftuch feilschte nicht gerade, aber der Sergeant sah, wie sie mit großer Sorgfalt zwischen den Ringen wählte und sich schließlich für einen schlichten entschied, schwarz und weiß, ohne jede Verzierung. Die Verkäuferin nannte den Preis: sechs Schilling. Der rosa Kopf nickte zustimmend, worauf eine kleine Börse – ein Beutel aus grünem Seidengarn – aus dem Mantel hervorgeholt wurde und eine kleine Silbermünze in der Hand erschien, zierlich auf dem fliederfarbenen Handschuh. Es war die kleinste schwedische Silbermünze, zwölf Schilling.

»Kannst du mir darauf sechs Schillinge herausgeben?« sagte eine angenehme Stimme mit einem erträglichen Västgötaakzent und leicht schnarrendem R.

»Sechs Schillinge einzeln?« rief das Dala-Mädchen. »Ach, liebste Jungfer, die hab ich nicht, kauft mir lieber zwei Ringe ab, dann macht's zwölf Schillinge genau. Kauft nur! Kauft!«

»Neinein!« hörte man die Person mit dem hübschen Kopftuch sagen. Der Sergeant, der hinter ihr stand und nur den Nacken sah, konnte bloß an einer leichten Kopfbewegung erkennen, daß die Antwort von ihr kam.

Da trat der Sergeant forsch hinzu und sagte: »Gestatten, Demoiselle Vid...«, er stockte, »gestatten, hm, daß ich die beiden Ringe dem armen Mädchen abkaufe.«

Er legte dem Dala-Mädchen ein Zwölfschillingstück in die Hand und nahm ohne weitere Umstände die beiden schwarz-weißen Ringe, die es vor den Mädchen hoch hielt, in der Hoffnung auf einen Handel. Die Rosige blickte den Militär etwas verwundert an. Aber der, nicht verlegen, nahm sofort den einen Ring, den sie vorher ausgesucht hatte, gab ihn ihr und sagte: »War es nicht der, den Demoiselle Sar..., hm, war es nicht genau dieser, der gefiel? Bitte sehr, nehmt ihn. Ich selber behalte den andern.«

Das Mädchen sah ihn mit – wie er fand – recht hübschen Augen an. Den Ring, den er ihr hinhielt, nahm sie zwar in der ersten Verblüffung – und er vermutete, sie würde ihn auf den Finger streifen, was sie ursprünglich ja wohl beabsichtigt hatte –, doch dann ging sie, ohne ein Wort zu sagen, langsam zur Reling und warf den Ring ins Wasser.

Prosit, Sergeant! sagte er zu sich selbst, als er diese Bewegung wahrnahm. Das heißt soviel wie: ich bin ordentlich abgeblitzt. Bravo, Junker! Warum mußte ich sie Demoiselle nennen, wenn sie ein Kopftuch umgebunden hat und unerkannt bleiben will? Man hätte sie lieber mit du anreden sollen, wenn es schon sein muß, und warum einem unbekannten Mädchen einen Ring anbieten, und noch dazu an Deck? O du Schafskopf, Albert!

Er ging an die gegenüberliegende Reling und warf den anderen Roßhaarring, den er sich schon an den Finger gesteckt hatte, auch ins Wasser. Danach spuckte er auf die Salutkanone, die gerade in Reichweite war. Dann spazierte er ein Stück über das Deck nach achtern, und als er sich wieder dem Vorderdeck näherte, geschah es, daß er direkt auf die rosige Unbekannte stieß, die dort stand und zusah, wie die Maschinerie arbeitete.

»Siehst du«, sagte er und hielt seine Hände hin, »ich habe meinen Ring auch ins Wasser geworfen. Das war das beste, was wir tun konnten.«

Erst ein scharfes Mustern von Kopf bis Fuß, dann ein kaum merkliches, doch nicht unfreundliches Lächeln, eine leicht belustigte Miene, die aber sofort verschwand – das war ihre Antwort. »Ist der Ring im Wasser? So, so!« fügte sie hinzu.

»Ich hoffe, ein Hecht hat ihn bereits verschluckt«, sagte der Sergeant.

»Meinen holte ein großer Barsch.«

»Wenn nun«, gab der Sergeant zurück und senkte den Kopf, »der Hecht den Barsch verschlingt, was, hoffe ich, bald geschieht, dann werden die beiden Ringe doch noch zusammenliegen – unterm selben Herzen!« Die letzten Worte flüsterte er mit zärtlicher Eindringlichkeit, aber völlig ohne Erfolg. Das Mädchen wandte sich brüsk ab, ohne zu antworten, und mischte sich erneut unter die anderen Jungfern.

Prosit, Junker! sagte er zu sich selbst. Wieder abgeblitzt! Und warum von Herzen reden? Und an Deck? Aber eins freut mich: Es mißfiel ihr nicht, daß ich wagte, sie mit du anzureden. Deswegen also niemals mehr: Demoiselle!

Er ging hinunter in den Speisesalon und kaufte sich eine Zigarre, zündete sie an, kam wieder nach oben, setzte sich unbeschwert und unbefangen auf seinen Koffer, paffte genüßlich seine Zigarre und sah superb aus.

Er merkte, daß die anmutige Glasermeisterstochter mehrmals gleichmütig vorbeiging, wobei sie dann und wann den rosa Seidenknoten unterm Kinn richtete und die zarten Spitzen des Halstuches über der Brust zurechtzupfte. Sie sprach lebhaft mit den anderen Mädchen und schien ganz unbefangen.

Die Zigarre ging, wie vieles andere in der Welt, zu Ende. Der Sergeant wollte den kleinen Stummel, der noch ein wenig glomm, ins Wasser werfen. Aber er war so leicht, daß er nur ein Stück auf dem Deck entlangrollte, liegenblieb und qualmte. Rasch erschien ein Fuß im reizendsten blanken Stiefelchen und trat ihn aus, so daß er sofort erlosch. Der Sergeant hob den Blick vom Fuß zur Person – und sah die Unbekannte. Ihre Blicke trafen sich. Der Sergeant sprang von seinem Koffer auf, trat mit einer höflichen Verbeugung zu ihr und sagte: »Dank, reizende Jungfer! Meine Zigarre war diesen Fuß nicht wert, aber ...«

Eine kalte, abweisende Miene war die Antwort. Das Mädchen drehte sich um und ging.

Soll sie doch der Teufel holen! Mit diesem Wunsch sprang der Sergeant errötend und verstimmt die Treppe hinunter zum Speisesalon. Dort kroch er in die dunkelste Ecke, geeignet zum Schlafen oder zum Sinnieren. Zum Donnerwetter, Albert! dachte er und strich sich die Haare aus der Stirn. Ich hab sie Jungfer genannt, das paßte ihr ebensowenig wie Demoiselle. Dummes Zeug!

Er war nicht allein im Salon, deshalb redete er weder laut noch halblaut. Um aber auf der Stelle sich selbst und den übrigen seine Courage zu beweisen, rief er streng und barsch der Mamsell am Büfett zu: »Butterbrot mit Salzfleisch, und sofort!«

Die Serviererin kam mit dem Bestellten auf einem Tablett.

»Zur Hölle mit diesem Zeug! Habe ich nicht Weißbrot verlangt?«

Sie ließ sich ohne Umstände von ihm beim Arm nehmen, ging über die Laufplanke, hielt sich auf dem abenteuerlichen Steg dicht neben ihm und – nun standen sie in Strängnäs.

»Wie ich diese kleine Stadt mag«, sagte sie unbefangen und schaute sich vergnügt um. »Das ist ganz anders als Stockholm!«

»Wenn man es näher betrachtet, ist es wirklich recht hübsch«, erwiderte der Sergeant.

»Seht nur!« fuhr sie fort. »Ach, hier kann man atmen, o ja. Aber – Lidköping ist trotzdem schöner.«

Der junge Militär, entzückt darüber, plötzlich und fast wider Erwarten zu hören, daß seine Bekannte ein gesprächiger Mensch war, begann selbst, Strängnäs recht angenehm zu finden. Und das ist es ja auch wirklich. In aller Anspruchslosigkeit. Man kommt vom Wasser hinauf in gewundene, schmale Gassen oder Straßen, die sich über Hügel schlängeln. In diesem Ort ist nichts hochmütig und schnurgerade. Die kleinen Häuser sind freundlich, alt, und man entdeckt bald, daß sie nicht nur Giebel haben, sondern auch Längsseiten mit niedlichen Fenstern und sogar Türen, die zum Eintreten einzuladen scheinen. Hier gibt es keine Zeichen von Vornehmheit, weder die der hochadligen Ritterhaussorte noch die des Geldadels, einer reichen und stolzen Bürgerschaft, auch nichts von der ursprünglichen Vornehmheit, die beim selbständigen Teil des Bauernstandes zu finden ist und die sich in seiner Lebensweise zeigt. Nein, hier sind allein Mitbürger von bescheidenstem Schlag anzutreffen. Man glaubt, alle Häuser gehörten Schiffern, Glasermeistern, Besenbindern, Fischern.

Es versteht sich, daß damit nur das Strängnäs gemeint ist, das sich dem Reisenden, der vom Seeufer herkommt, darbietet und das ihn umgibt, bevor er zu der baumbestandenen Anhöhe mit der Domkirche gelangt, in deren Nachbarschaft der Bischofssitz und einige andere Häuser eine höhere Sphäre andeuten. Aber diese Höhen hatte der Sergeant, mit seinem Glasermeistermädchen am Arm, noch nicht erklommen. Sie waren nicht einmal bis zum Marktplatz gekommen. Weil Sara von dem kleinen Haus mit den weißen Fensterläden so entzückt war, hatten sie in dem merkwürdigen Strängnäs-Labyrinth aus kleinen, krummen Straßen und Häusern verweilt, das sich zwischen dem Seeufer und dem Marktplatz befindet. Hier führte der Sergeant seine Begleiterin zu einer steilen Treppe, die von der Straße hinunter in einen Hof ging. Über den Hof kamen sie zur Tür des Hauses.

»Hier«, flüsterte der Sergeant, »wohnt der reiche Färber, der auch eine behagliche und ordentliche Wirtschaft betreibt. Wir werden uns ansehen, wie hübsch es bei denen ist.« Das Mädchen schien sich wie zu Hause zu fühlen, auch wenn sie oft bemerkte, daß Lidköping noch schöner sei.

Sie gingen durch den Vorbau und dann im Haus wieder eine Treppe hinauf, die im zweiten Stock zu einem großen Raum mit einem Büfett führte. Es war also eine Art Wirtshaus, verstand Sara Videbeck. Der Sergeant ging zu einer hübschen, munteren Person, die hinter der Theke Teller abtrocknete.

»Wir hätten gern ein kleines Zimmer hier – das dort rechts, oder das dort links, das ist gleich – und Frühstück. Was gibt es?«

»Himbeeren mit Sahne.«

»Etwas Kräftigeres?«

»Gebratene Waldschnepfen, frischen Lachs …«

»Sehr gut, aber schnell, bitte.« Der Sergeant führte seine Reisebekanntschaft in das kleine Zimmer zur Linken und flüsterte, schon an der Tür, der Person mit den Tellern noch zu: »Und zwei Gläser Kirschwein!«

Als die beiden in das kleine Zimmer getreten waren und, um ungestört zu sein, falls noch andere in den Speisesaal kommen sollten, die Tür geschlossen hatten, nahm Sara Videbeck das Seidentuch ab. Zum Vorschein kam dunkelbraunes, glänzendes Haar, schmuck gescheitelt, mit niedlichen echten Locken hinter jedem Ohr. Die falschen Locken an den Schläfen – erinnerte sich der Sergeant – waren schon zusammen mit dem Kambrikhut verschwunden. Auch die fliederfarbenen Handschuhe zog sie aus und entblößte zwei kleine, weiße, füllige Hände, die sich nie mit grober Arbeit beschäftigt zu haben schienen, allerdings etwas breit wirkten, mit Fingern, die, obwohl liebreizend und mit Grübchen an den Gelenken, doch ein bißchen dick waren. Daß diese Finger niemals Laute gespielt, Klaviertasten berührt, Pinsel geführt oder Seiten in feinen Büchern umgeblättert hatten, wozu schmale, geschmeidige Fingerspitzen gehören – das war für den Sergeanten klar. Noch sicherer war, daß diese Hände nie den Spaten geführt, ausgemistet, Fleisch geklopft hatten oder dergleichen. Hingegen blieb offen, ob sie womöglich Kitt geknetet hatten, denn Kitt macht die Haut weiß und weich. Soviel zu den Händen. Die übrige Person war keineswegs untersetzt oder rundlich, sondern ziemlich schlank und eher etwas hochgewachsen.

Das Mädchen war nicht verlegen, als sie dort saß, unter vier Augen mit ihrem Sergeanten. Sie brach von einem Lavendeltopf am Fenster einen kleinen Zweig ab, rieb ihn zwischen den Händen und roch mit Wohlbehagen an den Fingern. Der Sergeant, um nicht untätig zu sein, brach ein Geranienblatt ab und tat es ihr nach.

»Ein schönes und richtig behagliches Zimmer!« rief sie aus. »Ja, und sieh einer an, was für eine elegante Kommode! Ob das Nußbaum ist, oder Eiche? Nein, das ist sicher polierter Birnbaum – oder könnte es Apfel sein?«

Der Sergeant, der sich in der Tischlerei nicht auskannte, konnte darüber keine Auskunft geben. Deshalb wandte er sich einem anderen Gegenstand zu und rief: »Nein, so was!

Ein Spiegel mit breitem, vergoldetem Rahmen! Aber das ist jetzt passé – Mahagonirahmen sind in Mode.«

»Mahagonirahmen? Ach woher! Ich weiß etwas Besseres: den Rahmen um den Spiegel auch aus Glas machen, aus schmalem, klarem Kronglas, aus Streifen, die übriggeblieben sind, wenn man die Scheiben zugeschnitten hat. Man setzt daraus ganze Rahmen zusammen und legt bemaltes Papier darunter – das werden schöne Rahmen. Das ist dann so: Im Spiegel betrachtet man sich, aber den Rahmen schaut man zum Vergnügen an, und man kann jedes beliebige Papier darunterlegen, und das kann richtig hübsch aussehen. Habt – hast – hat man das noch nicht gesehen?«

Sie schien nicht recht zu wissen, wie sie ihn anreden sollte. Aber gerade in diesem Augenblick wurde das Bestellte hereingebracht. Ein blütenweißes, wenn auch nicht sonderlich feines Tuch wurde auf den Tisch gelegt und frisch abgetrocknetes Geschirr darauf gestellt.

»Aber wenn der Dampfer nun ohne uns abfährt?«

»O nein«, sagte der Sergeant, »vorher wird ein Signal* geschossen, und bis der Schuß verraucht ist, schaffen wir es allemal bis hinunter zum Ufer.«

Die Serviererin, die das Gericht aufgetragen hatte, war wieder gegangen, und die Tür war geschlossen. Der Sergeant ergriff sein Glas Kirschwein und sagte: »Zum Wohl! Auf die Reise!«

Sara Videbeck nahm, ohne sich zu zieren, das andere kleine Glas, stieß mit ihrem Gastgeber an, nickte freundlich und sagte: »Danke!«

»Einen Augenblick noch, bevor wir trinken«, sagte der Sergeant schnell. »Es ist hinderlich und ärgerlich, wenn man nicht weiß, wie man einander anreden soll, und deshalb – ich will ja niemand traurig oder böse machen oder

---

* Signal wird heutzutage nicht mehr bei der Abfahrt von einer Stadt geschossen, nur bei der Ankunft. (Anmerkung des Autors)

verletzen, aber könnten wir nicht, par exemple, du zueinander sagen – zumindest solange wir essen oder ...«

»Du? Ja, warum nicht.« Bei diesen Worten stieß sie noch einmal mit ihm an, die Sache war entschieden, und der Kirschwein wurde getrunken.

Der Sergeant war wie ein neuer Mensch, nachdem ihm dieser Stein vom Herzen gefallen war. Er ging im Zimmer umher und war noch einmal so ungezwungen, heiter und zuvorkommend. Die hübsche Glasermeisterstochter hingegen veränderte sich nicht im geringsten. Sie saß am Tisch, langte zu und aß, zwar angenehm natürlich, aber nicht gerade mit besonderer Anmut. Sie nannte ihren neuen Bekannten in jedem zweiten Satz du, ohne schüchtern oder vornehm zu tun. Sie schien sich ganz und gar heimisch zu fühlen.

Den Sergeanten, der sich – zumindest was Manieren betraf – überlegen fühlte, machte dieses Gefühl noch glücklicher, und er sagte: »Liebe Sara, noch ein paar Himbeeren? Die Sahne ist doch wirklich gut?«

»Herrlich! Danke! Ich erinnere mich an Lundsbrunn im vorigen Sommer ...«

Er ging hinaus und bestellte noch Himbeeren.

In diesem Augenblick ertönte der Signalschuß vom Dampfer.

»Nun denn«, sagte sie, stand auf und zog die Handschuhe an. »Bestell die Himbeeren ab.«

»Liebe Sara, setz dich! Die Himbeeren kommen sofort, wir schaffen es schon noch hinunter zum Ufer.«

»Neinein! Pünktlich sein ist am besten. Frag, was es kostet«, fügte sie hinzu, band sich das Kopftuch um und zog ein Taschentuch heraus, aus dem die Geldbörse hervorlugte.

»Was?« entfuhr es dem Sergeanten. »Ich bin es, der ...«

»Schnell, schnell!« Sie ging an ihm vorbei zur Theke im Speisesaal und fragte, was die Mahlzeit gekostet habe.

»Einen Reichstaler und zweiundzwanzig Schillinge.«

»Hier, liebe Mamsell!« Sie griff in ihren grünen Seidenbeutel. »Hier sind sechsundzwanzig Schillinge von mir, das ist die Hälfte. Adieu, Jungfer!« sagte sie dann mit einem Kopfnicken zu der Kellnerin, die serviert hatte.

Das Nicken zur Mamsell und zur Kellnerin war freundlich, aber von jener überlegenen Art, die anzudeuten schien, daß sie sich nicht mit ihnen auf eine Stufe stellte.

Der Sergeant wurde blaß und versuchte stotternd zu erklären, daß er derjenige sei, der eingeladen habe, und daß er deshalb natürlich auch bezahlen werde. Aber Sara Videbeck war schon an der Tür, die Zeit drängte, er bezahlte seinen Anteil, biß sich verärgert auf die Lippe und ging hinterher.

Als sie durch den Vorbau und über den Hof gegangen waren und die Treppe zur Straße hinaufsteigen wollten, machte sie eine kleine Bewegung, ein Wink, daß der Sergeant sie unterfassen solle. Das tat er auch.

»Hab Dank, daß du mich zu diesem hübschen Lokal gebracht hast!« sagte sie halblaut mit der angenehmsten Stimme und berührte seine Hand, es war wie ein sanftes Tätscheln. »Du, hier wohnt wirklich ein reicher Färber? Kaum zu glauben!«

»Nichts zu danken«, erwiderte er. Du hast ja selbst bezahlt, fügte er mißmutig in Gedanken hinzu.

»Doch, ich danke dir wirklich sehr, ich hatte nämlich richtigen Hunger. Bescheidene und nette Leute hier, wohin man auch kommt. Und diese Stadt heißt Strängnäs?«

»Ja. Ich würde gern mit dir hinauf zur Domkirche gehen und dir noch mehr von der Stadt zeigen. Dort oben kann man unter schönen, schattigen Bäumen spazierengehen.«

»Das soll uns jetzt nicht kümmern, wir müssen hinunter zum Dampfer. Sie warten schon.«

Als sie nun mit schnellen Schritten die Gassen durchquerten und Sara allen Ecken und Winkeln freundlich zu-

winkte, sagte sie plötzlich: »Wieso weißt du, daß ich Sara heiße? Ich möchte auch wissen, wie dein Vorname ist.«

»Albert«, antwortete der Sergeant.

»Albert ..., warte – ja, richtig, das habe ich im Almanach gelesen, oder? Natürlich, auf diesen Namen wurde auch der Sohn von Tischlerinnungsmeister Ahlgren getauft, bei dem ich im vorigen Sommer Pate gestanden habe. Der Albe ist ein lieber Bengel, wirklich, mit Augen, blank wie Email.«

»Du bist also in Lidköping zu Hause? Und reist nun vermutlich dorthin?« erlaubte sich der Sergeant zu fragen.

»Vorsichtig! Geh vorsichtig!« sagte sie, denn sie waren gerade auf dem baufälligen Anlegesteg. Aber ungefährdet gelangten sie über die Laufplanke wieder in die Welt des Dampfers. Man legte ab, die Räder begannen sich zu drehen.

Mit Rauchwolken und dumpfem Dröhnen verabschiedete sich der schwimmende Drache.

Drittes Kapitel

Wer Glas schneiden will, mein Herr,
muß einen Diamanten haben!

Der Sergeant hatte sich in den Kopf gesetzt, seiner Reisebekanntschaft eine Freundlichkeit zu erweisen. Er ging deshalb hinunter in den Speisesalon und verlangte Konfekt.

»Wurde noch nie an Bord verkauft«, war die Antwort.

»Zum Teufel! Gibt es denn Apfelsinen? Liegen dort nicht welche im Korb?«

»Ja.«

»Gut, ich möchte vier.«

Als er mit dem Obst in der Hand hinaufkam, war das Deck folgendermaßen aufgeteilt: der größere Teil der besseren Leute – Herren, Frauen und Kinder – war in den Salon hinuntergegangen. Nur einige Paare saßen auf dem Achterdeck, die sich nicht gerade lebhaft unterhielten, und wenn sie auch nicht direkt schliefen, so waren sie doch völlig ohne Interesse an ihrer Umgebung. Die Dala-Mädchen, ganz vorn am Vorsteven, schlummerten auf den zusammengerollten Trossen. Die vier, fünf bereits erwähnten Jungfern saßen beieinander, an ein zur Hälfte aufgewickeltes Segel gelehnt. Der Kapitän war vermutlich in seiner Kajüte, auf dem Deck war er nicht zu sehen. Die Maschinisten waren wieder an die Arbeit gegangen.

Wo ist denn meine Schöne? fragte sich der Sergeant.

Er entdeckte sie schließlich auf einer grüngestrichenen Lattenbank, die in der Nische hinter der Radverkleidung an der Reling stand. Der Sergeant fand den versteckten Platz recht angenehm, er ging mit seinen Apfelsinen hin, setzte sich neben sie und bot an.

Sie nickte erfreut und holte ihre Börse heraus.

Potzdonner und Granaten! dachte der Sergeant, und das Blut stieg ihm ins Gesicht. Sie wird mir doch wohl nicht die Apfelsinen auf der Stelle bar bezahlen wollen? Dieses niedere Bürgertum kann mir ...

Doch so schlimm war es nicht. Sie holte aus ihrem gehäkelten Geldbeutel ein Messer mit plattiertem Schaft, schälte eine Apfelsine und reichte sie freundlich Albert. Darauf schälte das Mädchen eine für sich, zerlegte sie in sechs Teile und ließ es sich munden.

»Danke, liebste Sara!« sagte Albert und bat, das Messer zum Zerteilen seiner Frucht leihen zu dürfen. Er betrachtete das Messer etwas verwundert: es hatte eine ausgesprochen stumpfe, ja richtig runde Spitze, ohne doch einem Tischmesser zu gleichen. Im übrigen war es neu und an der einen Seite ziemlich scharf. Er zerbrach sich nicht weiter den Kopf darüber, sondern sagte nach einer kleinen Pause: »Nun müssen wir uns näher bekannt machen, Sara – sag mir doch, wie nahe verwandt bist du mit deiner Tante, mit der, die ...«

»... die heute morgen nicht mitkam? Das ist nicht schwer zu sagen, glaub ich, wie nahe ich mit meiner Tante verwandt bin.«

»Ja, natürlich, aber –«

»Ja, ich bin recht traurig, daß sie nicht mitgekommen ist, die arme Tante Ulla. Nun muß sie sich ein eigenes Gefährt mieten oder mit der Göteborger Postkutsche fahren, und man muß abwarten, wo wir uns unterwegs treffen, wenn überhaupt etwas daraus wird. Vielleicht bleibt sie jetzt in Stockholm, nachdem sie bei der Abfahrt so ein Pech hatte. Ich habe noch eine andere Tante, weißt du, sie ist unverheiratet und heißt Gustava. Sie wohnt in Lidköping und sieht nach meiner kranken Mutter, während ich verreist bin. Aber die Tante Ulla wohnt schon lange in Stockholm, und sie sollte mich nun nach Hause begleiten, nur um mal rauszukommen. Wie dumm, daß sie so getrödelt hat; aber das macht sie oft, die arme Tante Ulla. Es tut mir auch um meinetwillen leid; es ist immer gut, auf Reisen eine Tante oder jemand bei sich zu haben. Aber ich war sicher, daß es mir gelingen würde, unterwegs eine Reisegesellschaft zu finden, die ... Iß doch, Albe! Ich esse doch nicht alles allein auf.«

»Danke«, sagte er, froh, auch ein Wort sagen zu dürfen. »Fährst du oft nach Stockholm? Das ist wirklich ein langer Weg von Stockholm nach Lidköping!«

»Ich bin noch nie vorher in Stockholm gewesen. Ich mußte jetzt hinfahren, ich wollte nach Öl und Diamanten auf die Jagd gehen und mir die neueste Mode anschauen.«

Der Sergeant sah das Mädchen verwundert an und schwieg. Öl? dachte er. Ich muß mich ganz und gar in ihr geirrt haben. Hm. Die neueste Mode? Er musterte ihre Figur von Kopf bis Fuß: sie war wirklich recht elegant, auf ihre Art jedenfalls. Schließlich sagte er halblaut: »Diamanten?«

»Ganz richtig: Diamanten, mein Herr! Haha – du glaubst vielleicht, Feuerstein taugt? Aber nein. Bei einem Gewehrschloß – da geht Feuerstein an. Aber wer Glas schneiden will, mein Herr, der muß einen Diamanten haben!«

Bei diesen Worten wurden ihre Augen groß und glühten, sie schien von einem angeborenen, starken Selbstgefühl erfüllt. Sie wirkte fast stolz, und das war sonst nicht ihre Art, außer wenn sie jemand den Rücken kehrte. Sie wurde auch gleich wieder vertraulich, als sie merkte, daß Albert vor Verblüffung beinahe die Apfelsine fallen gelassen hätte, und fügte hinzu: »Wir haben die Kreide sonst immer aus Göteborg bezogen und hätten auch das Öl von dort bekommen können, aber meine Mutter erhielt einen Brief, daß es in Stockholm zwölf Schillinge pro Kanne billiger zu haben sei, und da hat es mir Spaß gemacht, hinzufahren und nachzufragen, zumal ich bei meiner Tante wohnen konnte. Aber die neue Mode, von der sie in Lidköping so viel erzählt haben – daß sie nun da in Stockholm drauf gekommen sein sollen, Glas für Kirchenfenster zu färben –, die kümmert mich nicht. Davon hab ich in Stockholm nichts gesehen, obwohl ich wirklich in allen Kirchen der Stadt nachgeschaut habe. Und das war keine leichte Arbeit, denn es waren unheimlich viele Kirchen, aber gefärbtes Glas gab es nicht in einer einzigen. Ich weiß nicht, wo dieses Gerücht hergekommen ist, womöglich aus Uppsala, wo ein Assessor dabei sein soll, Chorfenster zu bemalen. Ich hätte es gern lernen wollen, weil wir viele Bestellungen für Kirchenfenster haben, bis hinunter nach ..., ja, sogar aus der Gegend von Skara. In Skara gibt es nämlich keinen Menschen, der mit Glas umgehen kann, und ich wußte, es würde einen ordentlichen Verdienst einbringen, wenn wir Glas in der Werkstatt färben könnten. Da wären wir die einzigen – fast die einzigen – gewesen, die sich auf die neue Mode verstanden hätten, und wenn in den Kirchen etwas entzweigegangen wäre, hätten sie bei uns bestellt. Aber nun ja, wie ich hörte, wird diese Mode nirgendwo gepflegt, und da ist sie auch nichts wert. Aber gute Diamanten hab ich bekommen, ich bin also recht zufrieden mit der Reise, und das Öl ...«

»Aber wozu, in Gottes Namen, brauchst du so viel Öl?«

»Zum Kitt, natürlich. Wozu wird denn sonst Öl gebraucht?«

»Aber warum macht denn dein Vater solche wichtigen und langen Geschäftsreisen nicht selbst?«

»O mein Gott! Er ist seit sechs Jahren tot.«

Das war etwas anderes.

»Und meine Mutter, die Arme, mußte dann die Werkstatt übernehmen, mit den Rechten, die eine Witwe hat, also, aber sie war zwei Jahre lang ständig bettlägerig; ich kann also sagen, daß ich es bin, die alles in Gang hält.«

»Aber sag mir, hübsche Sara, wie alt bist du denn, par exemple, wenn ich fragen darf?«

»Vierundzwanzig und etwas mehr.«

»Was? Ist das möglich? Ich habe dich für achtzehn gehalten. Solche Wangen, diese Haut ...«

»Ja, die gleichen Wangen hatte ich mit achtzehn. Man sagt, daß sich Anwaltstöchter, Mamsells und Fräuleins für jünger ausgeben, als sie sind – das hab ich jedenfalls in Lundsbrunn gehört –, aber ich finde, es ist keine besondere Ehre, in jungen Jahren alt auszusehen. Umgekehrt finde ich es besser. Wie alt bist du – wenn ich fragen darf?«

»Ich? Wir sind fast gleichaltrig. Ich bin fünfundzwanzig.«

»Und ich hielt dich für höchstens um die Neunzehn, wo man noch keine Ränge hat. Du benimmst dich so unbekümmert.«

»Ränge? Ja, meine Liebe, um aufrichtig zu sein, damit ist es noch nicht weit her, wird's vielleicht auch nie sein.«

»Was – was für einen hast du denn?«

»Bloß Unteroffizier.«

»Ich hab welche aus Skaraborg getroffen, und das waren rechtschaffene Kerle. Wenn ich daran denke, wie sich da in Lundsbrunn alle möglichen Mamsells herumtrieben und so taten, als müßten sie wegen diesem und jenem Leiden Brunnenwasser trinken; und zugleich war da ein ganzer Schwarm Leutnants aus Västergötland und Skaraborg, und Hauptleute, Majore und was sich so Offizier nennt. Die taten auch erholungsbedürftig und vergnügten sich mit den Mamsells. Aber die Unteroffiziere waren immer ordentliche Leute, die wirklich Beschwerden hatten und nicht zum Vergnügen eine Brunnenkur machten.«

»Aber was hast du denn dort gemacht, Sara? Du bist doch so gesund! Bist wohl bloß hingefahren, um die schöne Natur zu genießen?«

»Ich war nur einen Tag dort und habe gutes Geschäft mit Dosen gemacht. Ich mußte hinfahren und nach unseren Lehrlingen sehen. Man hatte nach ihnen geschickt, um im Salon des Kurhauses einige Scheiben zu erneuern, die am vierten Juli bei einem sonderbaren Ballwerfen der Kurgäste entzweigegangen waren. Aber, was die Buben angeht, ist man niemals sicher; sie prügeln sich, Glas schneiden können sie auch nicht, und wie sie mit dem Diamanten umgehen! Da es sich ja immerhin um einen wichtigen Auftrag handelte, bin ich selbst hingefahren, und ich bedaure es nicht. Wie findest du das, Albe? Ich habe sechsundfünfzig kleine Scheiben eingesetzt, zweiundzwanzig aus gröberem Glas und, hörst du, vierunddreißig aus feinem Tafelglas. Außerdem habe ich zehn Glasdosen verkauft, solche, die nur wir in unserer Werkstatt machen, mit untergelegtem Goldpapier als Verzierung; außerdem sechs große Laternen, die sie zur Beleuchtung brauchen, wenn sie in die Keller gehen und Sprudelwasser heraufholen. Aber – wie gesagt – ich habe nur zwei Unteroffiziere gesehen, ernsthafte Männer mit Gicht, beide aus Västergötland. Wie kommt es, daß du Unteroffizier bist und trotzdem noch so jung?«

»In Stockholm gibt es zuweilen jüngere Unteroffiziere, besonders wenn – ja, siehst du, eigentlich bin ich gar nicht so weit vom Offizier entfernt, ich bin immerhin Sergeant.«

»Schersant? Na gut. Reiß dich bloß nicht darum, Offizier, Leutnant oder so was zu werden. Was machen denn diese Nichtstuer anderes als tagsüber mit den Mamsells und abends mit den Jungfern Larifari zu reden. Plunder! Beffchen und Kragen – leerer Magen.«

Pause.

Der Militär hörte ein wenig erschrocken den gewandten Reden und kühnen Bemerkungen seiner offenherzigen Freundin zu. Er wollte ja nur zu gern Leutnant werden und hoffte, diese Beförderung durch seine geheime Verwandtschaft mit einer gewissen angesehnen Familie in der

Hauptstadt zu erreichen. Er wußte, daß seine Kasse gut ausgestattet war für diese Inspektionsreise zu gewissen Besitzungen, auf die man ihn während seines Sommerurlaubes geschickt hatte. Diesen abfälligen Reim: Kragen – Magen, und so weiter, wollte er deshalb nicht auf sich beziehen. Aber leugnen konnte er nicht, daß jenes Scharwenzeln um Mamsells und Jungfern hin und wieder nach seinem Geschmack gewesen war. Bestürzt schaute er deshalb diese Sara mit ihren entschiedenen Ansichten an. Er betrachtete ihr Gesicht: die heiteren, freundlichen Augen schienen im Widerspruch zu ihren jüngsten strengen Äußerungen zu stehen. Und als er die roten, vollen, nahezu schön geformten Lippen betrachtete, mit den gleichmäßigen, weißschimmernden Zähnen dahinter und einer dann und wann hervorlugenden anmutigen, rosigen Zungenspitze – wie sollte man da einem Mann wie ihm nicht die geheime Frage gestatten: Hat denn noch keiner auf der Welt diesen Mund geküßt?

Sara sah ihn auch an, genau wie er sie, und schließlich fragte sie mit sanfter, milder Stimme: »Was schaust du denn so?«

Kühn und ohne zu überlegen antwortete er: »Ich frage mich, ob denn jemals einer diesen Mund geküßt hat?«

Ein flüchtiges Lächeln war ihre ganze Antwort, und dann schaute sie über die Weiten des Mälarsees. Ihr Blick war nicht kokett und schon gar nicht böse, aber auch nicht romantisch, schwärmerisch, verzückt. Ein seltsames Zwischending, alles andere als häßlich, aber auch nicht vollendet schön. Sie gehörte zu den Mädchen, von denen man mit vergnügter Miene sagt: Oh, das geht an!

Daß sie ihn jedenfalls nicht abwies, ihm nicht den Rükken wandte und einfach davonging, ermunterte den Sergeanten, und er fuhr fort: »Ich könnte mit dir, liebe Sara, so reden, wie man sich mit Mamsells und Jungfern zu unterhalten pflegt und wie du es selbst gehört hast. Ich gebe sogar zu, daß ich auch nicht ganz ungeübt darin bin. Aber du hast mir erklärt, wie du das verabscheust. Und das Wort Herz will ich gar nicht in den Mund nehmen, wenn ich an heute morgen denke ... Außerdem glaube ich, ehrlich gesagt, daß dein Herz aus Glas ist, und ich, ich besitze keinen Diamanten – die einzige Waffe, mit der man ein Zeichen in ein solches Herz einritzen könnte.«

»Wirst du in Arboga bleiben, wo der Dampfer heute abend anlegt, Albert?« fragte sie mit durchdringendem Blick.

»Ich? Nein, bestimmt nicht. Ich muß hinunter in den Kreis Vadsbo, zu gewissen Besitzungen, und dann vielleicht noch weiter hinein nach Västergötland.«

»Dann fahren wir zusammen«, wieder ein durchdringender Blick, »da können wir einen Zweispänner nehmen ... Und wir legen zusammen ... und – denn du hast ja kein eigenes Gefährt, sehe ich. Auf Bauernkarren fährt es sich schlecht, und die Kutscherlümmel sind außerdem nicht mein Geschmack, sie sind selten sauber.«

Der Sergeant sprang auf, und er hätte sie wohl in die Arme geschlossen, wenn sie nicht an Deck gewesen wären. Sie hat Herz! dachte er.

»Setz dich hin, Albert, da können wir uns die Zeit damit vertreiben, daß wir zusammen das Fahrgeld ausrechnen. Hilf mir, wenn ich einen Fehler mache. Im Kopf zu addieren ist mein größtes Vergnügen. Also: die erste Strecke, von Arboga aus gerechnet, geht doch bis Fellingsbro?«

Der Sergeant setzte sich neben sie, munter und aufgeräumt, als wäre er soeben befördert worden. Sie war auch in diesem Augenblick, fand er, so strahlend, so anmutig schön, wie ein Mädchen nach seinem Geschmack nur sein konnte. Alles an ihr war so vernünftig und klug und doch zugleich so bezaubernd.

»Na, antwortest du mir nicht?« sagte sie und schlug ihn mit ihrem fliederfarbenen Handschuh, den sie vorsichts-

halber schon beim Schälen der Apfelsine ausgezogen hatte, ganz leicht auf die Hand.

»Ganz richtig, der Weg geht nach Fellingsbro und von dort nach Glanshammar«, sagte er.

»Dann Vretstorp?«

»Neinein, du. Wir müssen zuerst durch Örebro und Kumla.«

»Aber dann Vretstorp, das ist sicher. Danach Bodarne und Hova, und dann sind wir zu Hause.«

»Was, bist du in Hova zu Hause?«

»Ich bin in Västergötland zu Hause, und wenn ich meinen Fuß auf die Erde bei Hova gesetzt habe, bin ich zu Hause.«

Und Sara streckte ihren kleinen Fuß aus und setzte ihn sehr bestimmt, nach Västgöta-Art, auf die Decksplanken.

Albert hatte nun erneut Gelegenheit, das gutgearbeitete, schmucke Stiefelchen zu bewundern.

»Ist das da Lidköpingsarbeit?« sagte er.

»Was meinst du?«

»Ich meine, ob es so gute Schuhmacher in Lidköping gibt ...«

»Das ist eine prächtige, ja, eine großartige Stadt! Bist du denn noch nie in Lidköping gewesen? – Schuhmacher? Und ob! Wir haben Schneider, Schlosser, Grobschmiede, Kunsttischler, Schreiner – wir haben alles. Sogar Kaufleute und einen reichen Gastwirt, in der Straße gleich links vom Marktplatz. Aber von solchen Leuten halte ich nichts, weil sie vom Leichtsinn und von den unnötigen Ausgaben anderer leben. Der Handwerker hingegen macht etwas, das nützlich ist und Bestand hat in der Welt. Was wird mit den Waren des Gastwirts? Er ist Kommissionär für die Postkutsche nach Göteborg und unterhält einen riesengroßen Ballsaal, wo Offiziere mit Mamsells und Fräuleins Gesellschaften abhalten. Das sind Bälle, sag ich dir! Aber ich mag den Gastwirtsbetrieb trotzdem nicht – wenn die Menschen auf sich hielten, müßten solche Leute bald aus Lidköping wegziehen und verschwinden. Aber es ist nun mal so, daß viele trinken, spielen und tanzen wollen und ... Ein unglaublich großer Tanzsaal, Albert! Acht Fenster längsseits, wenn ich mich recht erinnere, mit vierundzwanzig Scheiben in jedem Fenster!«

»Macht dir denn das Tanzen gar kein Vergnügen, Sara?«

»Wenn ich die Werkstatt in Ordnung gebracht und abgeschlossen habe und allein bin, dann tanze ich schon manchmal, aber ohne Geige.«

Eine echte ordentliche Västgötin! dachte der Sergeant. Aber Sara sah in diesem Augenblick so unendlich sanft, fast rührend aus, daß er schwieg.

Eine Weile später sagte er: »Daß deine Mutter so krank ist? Wenn sie nun tot ist, Sara, wenn wir – wenn du dort unten ankommst?«

»Ja, Gott sei ihr gnädig, der Armen! Sie hat keine richtige Freude im Leben gehabt. Ständig Angst und Kummer, und nun zum Schluß nur Krankheit. Das ist nicht gut, Albert.«

»Das klingt ja sehr betrüblich. Aber wenn sie stirbt, was wird dann mit deiner Werkstatt?«

»Ja, dann ist Schluß mit der Konzession, und vom Magistrat werde ich keine bekommen, das weiß ich. Aber ich habe mir trotzdem schon etwas ausgedacht.«

»So?«

»O ja, das kann ich ruhig erzählen«, fuhr sie fort, rückte auf der Bank noch ein wenig näher an Albert heran und sah sich um, als befürchtete sie, ein Unbefugter könnte ihre Geheimnisse hören. Da aber, wie schon erwähnt, keine Leute an dieser Seite des Decks waren, wandte sie sich ihm wieder zu, blickte sehr zutraulich und klug drein und wedelte mit ihrem kleinen Handschuh, wobei sie Albert damit ein paarmal leicht auf den Arm schlug.

»Ich habe mir überlegt, wie ein Mädchen ohne Eltern und Geschwister, wie ich, leben kann – gut leben«, sagte sie. »Wäsche und Kleidung habe ich schon genug, es reicht für viele Jahre, und ich nutze auch nicht viel ab; das geht ja, wenn man sich in acht nimmt. Wenn meine Mutter nun stirbt, darf ich nicht länger Scheiben für große Häuser und Neubauten zuschneiden und sie einsetzen, das ist Sache des Innungsmeisters. Aber es gibt eine besondere Kunst, weißt du, die keiner in Lidköping besser kann als ich, denn ich habe sie allein ausgetüftelt: nämlich, wie man Kreide und Öl in den richtigen Dimensio-, nein, Proportionen mischt. Dimension sagt man von der Länge und Breite des Glases, aber Proportion, wenn man die richtige Menge und Mischung von Kreide und Öl meint. Die beiden Wörter gebraucht man nur in unserem Gewerbe, und du verstehst sie nicht, Albert. Nun ja, ich will nur sagen, daß ich eine Proportion für diese Mischung herausgefunden habe, die keiner außer mir kennt, und daraus wird ein Kitt, so stark, daß der schlimmste Herbstregen ihm nichts anhaben kann. Diesen Kitt werde ich herstellen und an alle Glasermeister verkaufen; und sie werden ihn in Lidköping, in Vänersborg und auch in Mariestad kaufen müssen, wenn sie ihn erst kennengelernt haben. Sie wissen schon davon, denn ich habe es meine Lehrlinge auf ihren Reisen ausposaunen lassen. Verkaufen werde ich zu Hause in meiner Kammer.«

»Aber als Unverheiratete bist du doch schutzlos, und ...«

»Das wird sich zeigen. Im Gegenteil, mit einem versoffenen und schwierigen Mann, wie meine arme Mutter – da wäre ich schutzlos und schlimm dran. Nein, wahrhaftig, ich werde mich behaupten, wie ich bin. Das kleine Anwesen am Lidafluß gehört uns. Es ist ein ziemlich bescheidenes Holzhaus, wie eins von denen da oben in Strängby, Sträng... Wie hieß das doch gleich ...?«

»Strängnäs.«

»Und wenn Mama stirbt, wird es mir überschrieben. Arme Mutter! Aber sie lebt sicher noch ein paar Jahre. Immerhin, wenn sie stirbt – das weiß ich vom Bürgermeister –, habe ich mit Haus und Grundstück doch eine gewisse Sicherheit, auch wenn ich unverheiratet bin. Das Haus wirft nicht viel ab, aber ich kann ja oben ein paar Stuben vermieten, und unten im Erdgeschoß wohne ich selbst. Aber ich bin es gewohnt, Abwechslung zu haben und unter Leuten zu sein, und will nicht ständig allein dasitzen, und deshalb habe ich vor, einen Laden aufzumachen, einen kleinen Kaufladen, wie ihn Frauensleute betreiben dürfen, der noch nicht der Innung unterliegt. Ich werde in meinem Laden Dosen verkaufen, feine, schöne Dosen aus Glas – mit farbigem Papier unterlegt –, die ich schon seit einigen Jahren mache und um die sich die Landleute in der ganzen Umgebung reißen. Außerdem Leuchten, Laternen – ja, ich habe auch gelernt, Glas mit Folie zu belegen, und daraus werde ich kleine Spiegel für die Dörfer machen. Vielleicht nehme ich in meinem Laden auch allerlei Kurzwaren in Kommission: Webwaren, Leinen, Taschentücher, Halstücher, alles handgearbeitet; nur vor Seide muß ich mich hüten, die unterliegt der Innung. Der Handel wird schon gut gehen, wenn man zu den Leuten vor dem Ladentisch freundlich ist. Und ich sitze in meinem Laden von zehn Uhr vormittags bis fünf nachmittags, länger lohnt es sich nicht. Morgens vor zehn, bevor ich die Ladentür aufmache, fertige ich meine Dosen und Glassachen an. Am Abend mische ich den Kitt für alle Glasermeister. Das wird ein gutes Geschäft und ein lustiges Leben werden!«

Saras Augen, Mund und Wangen blühten förmlich auf.

Aber der Sergeant fragte: »Wirst du denn das ganze Jahr über drinsitzen und dich niemals draußen umsehen oder die herrliche Landluft genießen wollen?«

»Bei Sonnenaufgang gehe ich den Weg hinaus nach

Truve. Das mache ich im Sommer jeden Morgen, wenn klares Wetter ist jedenfalls.«

»Tru-, was ist das denn?«

»Truve ist Truve. Das ist Richerts schönes Anwesen am Mariestadsweg. Wenn bloß der Weg von der Stadt dorthin nicht so gräßlich sandig wäre. Aber das stört mich nicht sehr, so oft gehe ich ihn nun auch wieder nicht. Eigentlich sitze ich morgens am liebsten zu Hause. Ich habe Salbei und Blumen am Fenster, und Lavendeltöpfe werde ich mir auch noch zulegen. Außerdem sehe ich von den Fenstern aus den Lidafluß, und etwas Schöneres gibt es nicht. Wenn ich mehr Wasser sehen will, kann ich den großen Vänersee betrachten. Ich brauche nur durchs Fenster in die Richtung zur Stadtbrücke zu blicken, zur Lücke bei Kållandsö, dann habe ich ihn vor mir.«

»Und wenn du alt wirst, schöne Sara?«

»Wenn ich um die fünfzig bin, werde ich mit Waren auf die Märkte fahren. Denn solange ich jung bin, ist es besser zu Hause in meinem kleinen Laden.«

»Man tritt gern an einen Ladentisch, wo eine so reizende Verkäuferin einen bedient«, bestätigte er.

»Aber in jungen Jahren ist es widerwärtig, auf die Märkte zu fahren«, fuhr sie nachdenklich fort. »Es kann einem passieren ..., ja. Um die fünfzig wird es überstanden sein, denke ich. Da dürften auch die Geschäfte zu Hause im Laden schlechter gehen, und dann will ich's auf den Märkten versuchen. Falls ich nicht vorher eine Summe zusammengespart habe, von der ich leben kann, ohne mich abzurackern – und das hoffe ich. Man kann nämlich sehr bescheiden leben und sich trotzdem wohl fühlen, wenn ...« Sara senkte den Kopf, und ihr Blick verdüsterte sich.

»Mein Gott – was meinst du damit?«

»Na ja, ich meine, wenn man sich davor hütet, einen Quälgeist im Hause zu haben, der ohne Sinn und Verstand und aus lauter Liederlichkeit alles auffrißt und verschwen-

det, was man mühsam und redlich zusammengebracht hat. Was nutzt es denn da, ordentlich zu sein, wenn der Quälgeist um so unordentlicher ist und die Früchte fleißiger Arbeit verpraßt? Und wie kann man denn mit Lust und Liebe arbeiten, wenn man keine Herzensfreude hat und die Angst einem die Kehle zuschnürt ...«

»Ich verstehe dich nicht.«

»Nein? Hm.«

»Um Himmels willen, sag doch, wie du das meinst!«

»Ja, da gibt es schon mancherlei zu sagen ..., nun gut. An einem Abend um Michaelis war ich mit meiner Mutter unterwegs. Es ging auf den Herbst zu, der Wind wehte, und die Haare standen ihr wirr um die Haube. Verzweifelt lief sie hinauf zu der großen Brücke, die über den Lida zu Hause in unserer Stadt führt. Ich war damals fünfzehn und rannte hinter ihr her, ich dachte, sie würde in ihrem fürchterlichen Kummer ins Wasser springen. Doch als ich ihr folgte, besann sie sich. Sie blieb am Brückengeländer stehen, nahm mich in die Arme und sah sich um. Kein Spaziergänger war unterwegs. ›Deinetwegen will ich es nicht tun‹, flüsterte sie. ›Ich will leben und mich peinigen lassen, bis du noch etwas älter bist. Aber verflucht sei dieser hier! Von *dem* jedenfalls will ich mich befreien!‹ Bei diesen Worten hatte Mutter vor Zorn Schaum um die Lippen, sie riß sich ihren Goldring vom Finger und warf ihn in weitem Bogen in den Fluß.«

Der Sergeant wurde blaß. Er erinnerte sich an ein ähnliches Ereignis morgens an der Dampferreling.

»Deine Mutter war vielleicht etwas ungeduldig als Ehefrau«, entfuhr es ihm.

»O pfui, Herr!« rief Sara mit blitzenden Augen und vergaß das Du. »Albert ...« fügte sie doch sogleich mit sanfterer Stimme hinzu. »Ein Pferd, das zwanzigmal geschlagen wurde und beim einundzwanzigsten Mal zurückschlägt, ist nicht ungeduldig. – Und es ist gewiß und wahr vor Gott«, sagte sie schließlich mit kaum hörbarer, aber inniger und klangvoller Stimme, »daß es nicht stimmt, was man beteuerte und verkündete: daß meine Mutter durch all die Quälerei nur besser und *edler* – so nannten sie es wohl – werden würde. Denn ich weiß es: sie sank von Jahr zu Jahr tiefer. Sie war die Ordentlichkeit und Sauberkeit selbst gewesen und wurde schließlich unordentlich, unsauber und liederlich. Was habe ich deswegen geweint ...« Und jetzt weinte Sara. »Sie war ein frommer und gottesfürchtiger Mensch gewesen, aber schließlich warf sie keinen Blick mehr ins Gebetbuch ..., und zuletzt ..., ach ...«

»Fasse dich!«

»Bis heute liegt sie krank im Bett, und weißt du, weshalb? Gott sei uns gnädig! Sie hat die Trunksucht. Das ist sehr schlimm für eine Frau, Albert!«

Der Sergeant stand auf, er fühlte, wie ihm kalter Schweiß unter dem Tschako ausbrach, er nahm ihn ab und fächelte sich mit dem Taschentuch Kühlung zu. Vielleicht wurden in diesem Augenblick seine besten Pläne durchkreuzt. Aber er war jung und hatte kein verstocktes Herz. Die Menschen taten ihm leid, und er war auch nicht so oberflächlich, daß er mit der üblichen falschen Phrase kam: Wird schon werden. Von Bestürzung und Verwunderung erfaßt, näherte er sich Einsichten, zu denen Militärs selten gelangen. Er setzte sich zutraulich neben seine plötzlich so offenherzige Freundin und fragte: »Sag mir aufrichtig und geradeheraus, Sara, bist du – was man eine Frömmlerin zu nennen pflegt?«

»Frömmlerin – o je, bestimmt nicht. Solche gibt es genug in Västergötland, ohne mich.«

»Aber du liest doch manchmal in der Schrift?«

»In der Bibel? Ja.«

»Dann kennst du auch das erste, große, allgemeine Gebot Gottes – verzeih, es klingt etwas ...: Seid fruchtbar und mehret euch! Soll dieses Gebot nicht erfüllt werden?«

Nach kurzem Nachdenken antwortete sie ohne Verlegenheit: »Dieses Gebot Gottes bedeutet doch ...«

»Daß Mann und Frau zusammensein sollen ...«

»Aber das Gebot bedeutet nicht, daß man mit irgendeiner Frau auf der Welt zusammensein soll, glaube ich, oder daß eine Frau sich mit einem beliebigen Mann zusammentun soll, der ihr bei irgendeiner Gelegenheit oder durch Zufall über den Weg läuft. Ich meine, da steht doch geschrieben, daß es dem Menschen eine Hilfe sein soll und nicht sein Verderb? Verderb der Seele wie auch des Körpers, meist aber der Seele. Man muß doch auch einer großen Gefahr, Unglück und Not aus dem Weg gehen und vor allem den Umgang mit schlechter, anrüchiger Gesellschaft bleibenlassen, da sollte man wohl auch vermeiden ...«

In diesem Augenblick war ein lautes Krachen im Vordersteven des Dampfers zu hören, und der Kapitän und ein Maschinist kamen heraufgelaufen. Aber es war nur eine Trosse gerissen, und das kleine Segel flatterte ein bißchen unordentlich und wurde eine Weile vom Wind hin und her geworfen. Man befand sich jetzt draußen in einem der größeren Gewässer des Mälarsees, im Granfjärd, beim Übergang zum Blacken, wo fast immer ein frischer Wind weht. Das heftigere Schaukeln brachte nahezu alle Passagiere in Bewegung. An Deck erschienen viele Leute, die man während des ganzen Tages überhaupt nicht gesehen hatte, die aber jetzt, wie Höhlenbewohner aus ihrer Unterwelt, aus dem Salon heraufkrochen. Nach einer Weile wurde das flatternde Segel eingeholt und neu gesetzt, wie der Wind es verlangte. Alles kam wieder zur Ruhe, obwohl die Brise recht frisch war. Aber diese Schiffe, die mit der Kraft eines inneren Feuers betrieben werden, kümmern sich nicht weiter um Wind und Wellen, sondern ziehen sicher ihre Bahn, in Gegen- oder Mitwind oder, wie jetzt, im Seitenwind. Im Granfjärd gibt es mehrere gefährliche Stellen, verborgene Schären und Klippen, die manchen Schiffbruch verursacht haben, als man noch ohne Dampf fuhr und oft kreuzen mußte. Damals sah sich selbst der geschickteste Steuermann, ungeachtet seiner Kenntnisse, außerstande, den Pricken und Klippen immer zu entgehen. Denn ihm standen ja, außer dem Ruder, nur diese großen, schweren, vom Wind beherrschten Segel zur Verfügung, die – wie er auch wendete und kreuzte – selten in die Richtung gingen, in die er wollte. So ein armer Steuermann auf einer Schute ist doch auch nur ein Mensch, oder? Jetzt, da man die Schiffe mit Dampf betreibt, geht es geradewegs auf das Ziel zu, ohne Rücksicht auf den Wind, und Segel werden nur benutzt, wenn der Wind so steht, daß er die Fahrt beschleunigt. Natürlich muß der Steuermann auch jetzt die Pricken und Klippen kennen, aber wenn er kein Hohlkopf ist, kann er ihnen leicht ausweichen. Die einzige große Gefahr bei der Dampfschiffahrt ist ein Brand, aber auch dagegen kann man sich durch die Konstruktion des Kessels absichern, daß das selten oder nie eintrifft.

Es ging recht hurtig voran, wenn auch die Aufregung an Deck natürlich zur Folge hatte, daß der Sergeant und Sara in ihrem Gespräch über die großen Probleme der Menschheit unterbrochen wurden. Der forsche Sergeant war aufgesprungen und hatte das Segel gepackt, zur Erleichterung und Freude des Dampferkapitäns. So kam es, daß die beiden Männer unten in der Kajüte des Kapitäns Brüderschaft tranken.

Die Geschichte schildert nicht, wie das Souper vor sich ging, denn davon hat ein Deckspassagier kaum eine Vorstellung. Daß das Souper vorüber sein muß, merkt er nur daran, daß die Serviererinnen eifrig mit gefüllten Kaffeetassen herumlaufen, wenn sich die Sonne zum Horizont neigt. Die Gäste im Salon haben die Sache unter sich abgemacht; und wenn jetzt einige der Höhlenbewohner – etwas fröhlicher als gewöhnlich oder zumindest mit weniger verdrießlichem Gesichtsausdruck – aus ihrem Versteck hervorkommen, dann weiß der gemeine Mann (der Deckspassagier), daß sich's die Herrschaften haben wohl sein lassen. Immerhin – wie bereits vorher in dieser Geschichte vermerkt – könnte schon mal ein kühnerer Mann vom Deck hinunter in den Speisesalon gehen, ganz schnell einen Bissen zu sich nehmen und wieder verschwinden. Aber die Frauen aus dem Volk haben es wirklich schwer. Der Erzähler hat sich oft gefragt, wie sie dort auf dem Vorderdeck wohl leben. Proviant mitzuführen und sich selbst zu verpflegen, wird als unschicklich betrachtet, und von den Speisen, die die Bordküche zubereitet, bekommen die Frauen auch nichts ab, weil sie ja nur ein Billett für einen Decksplatz haben. Mag sein, daß auch eine dieser Frauen etwas kühner ist, hinunter in das Allerheiligste der Höhlenbewohner geht und einen Leckerbissen erwischt, den sie dann mit hinauf an die frische Luft nimmt. Aber das schickt sich nicht so recht, meint man. Da ist der Kaffee willkommen – keine Mahlzeit, aber doch wohltuend nachmittags zwischen vier und fünf. Er wird von den Serviererinnen aus dem Allerheiligsten an Deck gebracht, und wenn diese nicht allzu unwirsch sind, lassen sie sich herab, auch einem armen Deckspassagier eine Tasse abzugeben. Sara erwischte auch eine, zumal sie, trotz des Kopftuchs, so ansehnlich war, daß die Serviererinnen sie bereitwillig zur Herrschaft zählten. Unbegreiflich erschien allerdings, daß sie, deren Börse mit den Silbermünzen man mehrmals gesehen hatte, kein Billett für die Salonklasse gekauft und sich nicht zu den Höhlenbewohnern gesellt hatte. Aber das mochte mit ihrer Vorliebe für frische Luft und der Abneigung gegen unangenehmen Geruch und gegen Heiligtümer ganz allgemein zu tun haben.

Während sie ihren Kaffee trank und beschloß, noch eine Tasse zu verlangen, dachte sie mit inniger Freude und Dankbarkeit daran, daß es Sergeant Alberts Vorschlag gewesen war, sie in das reizende, rotgemalte Holzhaus-Städtchen (den Namen hatte sie wieder vergessen) zu führen, wo sie Gelegenheit gehabt hatte, ohne Verwicklungen eine hübsch angerichtete, gute Mahlzeit einzunehmen. Die Mahlzeit hatte sich zwar Frühstück genannt, für Sara aber Mittagessen bedeutet, und jetzt, mit dem Kaffee hinterher, fühlte sie sich satt, glücklich und frei. Der Sergeant dagegen war nicht so genügsam, und nachdem er schon am Vormittag mehrere Male bei gewissen Schwierigkeiten am Büffet Hilfe gesucht hatte, befand er sich jetzt wieder dort. Da er nun auf vertrautem Fuß mit dem Kapitän stand, ging er ohne Zaudern hinauf und hinunter, ganz wie er wollte und so oft er Lust hatte. Nur sein Billett gab Auskunft darüber, daß er in Wirklichkeit nicht zur Herrschaft, sondern zu den einfachen Leuten gehörte. Was, wie, wo und wann er aß, ist nicht bekannt, zu vermuten ist nur, daß er eine Mahlzeit einnahm. Er war jung und hatte gesunde Bedürfnisse, wie sie Gott gegeben hat, aber er war keineswegs ein Schlemmer oder Trinker, und er war auch nicht gierig, garstig oder sonst den Höhlenbewohnern ähnlich. In deren Revier schien er sich auch nicht wohl zu fühlen. Er ging, so schnell er konnte, wieder hinauf und muß ein besonderer Freund der Luft gewesen sein, wie sie am Vordersteven wehte; denn dort hielt er sich meistens auf, dort stand er auch jetzt und hatte erneut eine Zigarre angezündet.

Viertes Kapitel

Da lehnte er sich traurig in seinem Stuhl zurück
und legte den Kopf an die Lehne.
Du hast keinen Diamanten, Albert! Mach die Augen zu und schlaf,
und gib deine Ansprüche auf

Sara Videbeck sah nach ihren Sachen, die sie in Koffern, ebenfalls auf dem Vorderdeck, verstaut hatte. Um einen schien sie besonders besorgt. Denn in einem Moment, als keine fremde Person in der Nähe war, gab sie dem Zigarrenraucher einen vertraulichen Klaps auf den Arm und sagte: »Du hast doch nichts dagegen, Albert, daß ich dich um einen kleinen Dienst bitte? Ich habe hier einen Koffer – den da mit den Messingbuchstaben S V darauf –, sieh zu, daß sich keiner draufsetzt! Ich hatte ihn die ganze Zeit unter dem Segel liegen, aber bei diesem Trubel vorhin haben sie alles durcheinandergebracht, nun ist das Segel oben und mein Koffer nackt und bloß.«

Albert nahm die Zigarre aus dem Mund, sah sie an und sagte: »Ist der Koffer so empfindlich, daß nicht einmal ein so leichter Körper wie deiner darauf sitzen darf? Sonst wäre das doch die beste Bewachung.«

»Neinein, wenn ich's doch sage – weder ich noch du, und am allerwenigsten jemand anders.«

»Hast du ihn vollgepackt mit Diamanten?«

»Äsch!«

»Na, was sonst? Doch verzeih mir, es geht mich nichts an. Sei unbesorgt und munter und geh, wohin du magst. Ich werde deinen Koffer bewachen.«

Sara dankte ihm mit einem Blick, als wäre der Koffer ihr eigenes Herz, und machte sich an verschiedenen Kästen zu schaffen, die sie an Deck beiseite gestellt hatte.

Was mag das Mädchen in diesem Koffer haben? dachte

Albert, während er dastand, auf die blanken gelben Buchstaben S V schaute und einen unendlich langen Zug aus der Zigarre nahm. Sie ist wohl doch eine reiche Puppe, ganz bestimmt. Aber das kümmert mich nicht. Geld bekomme ich genug von – er murmelte einen geheimen Familiennamen –, und aus den Besitzungen in Vadsbo beziehe ich meine gesicherten Verwalterprozente. Die Buchstaben sind recht gut gearbeitet, es gibt tüchtige Handwerker in Lidköping. Soll ich sie bis dorthin begleiten, so weit? Ich müßte sonst bei Mariestad von der großen Fahrstraße abbiegen und landeinwärts fahren. Na, abwarten. Bis dahin ist es noch eine Weile. »Hallo, Jungfer dort mit dem Tablett! Reicht mir eine neue Zigarre her, ich will hier nicht weggehen.« Zum Teufel, sie hat mich nicht gehört! Was nun? Ich muß den Stummel noch ein bißchen weiterrauchen, aber das wird heiß, und der Rauch zieht mir in die Nase, pfui Teufel. Der Koffer ist nicht gerade groß, ziemlich lang, aber nicht breit. Sie hat bestimmt Glasdosen darin, weil sich keiner draufsetzen darf. Aber wer, zum Kuckuck, sollte denn so unverschämt sein! Ich habe noch nie gesehen, daß sich der Plebs auf etwas anderes setzt als auf das Tauwerk oder auf die Pumpe und die Kanonen. Das sind ganz manierliche und gutmütige Leute; sie gehen nicht an anderer Leute Sachen – die Dala-Mädchen, par exemple, setzen sich nur auf sich selber, das heißt, auf ihre untergeschlagenen Beine. Was könnte Sara denn befürchtet haben …, welche unverschämte Person würde sich unterstehen … Ach, Albert, du wirst sehen, daß sie dich und keinen andern gemeint hat, mit der scheinheiligen Bitte, auf den Koffer aufzupassen … »Pfui Spinne, wie der schmeckt!« sagte er und warf den winzigen Zigarrenstummel ins Wasser. »Jetzt reißt mir die Geduld.«

Gerade in dieser schweren Krise erschien Sara und – was meint ihr? – schob ihm eine neue Zigarre in die Hand.

»Feuer hab ich nicht bei mir«, sagte sie, »und ich wollte

nicht, daß die Jungfer, bei der ich die Zigarre bestellte, sie dort unten für dich anzündet, denn ..., und außerdem kann sie nicht rauchen. Aber wie bekommst du Feuer, Albe?«

»Schau an«, rief er, »da kommt der Kapitän anspaziert und qualmt seine ausgezeichnete Trabucos. – Verzeih, bester Oheim, sei so freundlich und tritt etwas näher, damit ich meine Zigarre anzünden kann. Dieses reizende Mädchen hat mich auf einen Posten gestellt, den ich als guter Militär nicht verlassen kann.«

»Sofort, sofort«, antwortete der Kapitän. Sara schaute zu, und sie konnte ein lautes Lachen nicht zurückhalten, als die beiden Männer die Zigarren aneinander hielten, mit gespannten, ernsten Blicken die Spitzen beobachteten und sich eifrig darum bemühten, daß das Feuer übersprang. Es gelang, und der redliche, joviale Kapitän ging weiter. Mit einem Ausdruck von Wonne füllte der Sergeant beide Backen bis zum Platzen mit neuem, frischem Rauch – man weiß ja, daß der erste Zug am besten schmeckt – und atmete ganz langsam aus; doch in seiner Zerstreutheit blies er Sara den Rauch mitten ins Gesicht.

»Na aber!« rief sie und lief zurück zum andern Teil des Vorderdecks, wo sie sich wieder mit ihren Kästen beschäftigte.

Albert stand also von neuem allein bei seinem, will sagen, ihrem Koffer und betrachtete die untergehende milde, liebliche Sonne im Westen. Man war nun im Galten angekommen, dem äußersten Mälarfjord nach Arboga zu. Albert stand da und betrachtete, wie gesagt, die Sonne, aber zwischendurch sah er auch nach dem Koffer. Er rauchte jetzt langsamer, denn er sagte sich, wenn diese Zigarre im Handumdrehen aufgeraucht ist, dürfte es nicht so schnell eine neue geben, wie eben. Ja, ganz sicher hat sie Glas in dem Koffer, und das ist mir lieber, als wenn sie – wie ich einmal glaubte – ein Herz aus Glas in der Brust hätte. Das war ein dummer Gedanke von mir ... Puh! Aber ich will nicht zuviel Rauch auf einmal ausatmen ... Puh! Mag sein, daß ihre Seele ein bißchen aus Glas ist. Warum nur habe ich keinen Diamanten? Und kann nicht schneiden? Aber tief würde ich nicht schneiden, daß getraut sich nicht mal der Teufel bei so schönem Kristall ... Puh! Ich werde nur ein A in das Email ihrer Erinnerung ritzen; das werde ich doch dürfen, das ist wohl nicht zuviel ... Puh! Sie ist schön, wenn sie ernst ist, aber noch schöner, wenn sie lächelt. Aber am allerschönsten war sie, als sie über ihre Mutter weinte – wie sonderbar, daß mir das gefiel? Man sieht doch eigentlich häßlich aus, wenn man heult ... Puh! Aber ihre Augen röteten sich nicht, sondern blieben klar wie ..., na ja, sie weinte ja auch nicht lange.

»Mehr nach Lee! Mehr nach Lee!« schrie der Kapitän seinem Steuermann zu. »Siehst du nicht die Pricke, du Trottel? – Na ja, es wird schon dämmrig«, fügte er gutmütig hinzu. »Es ist schon am besten, wenn ich das Ruder selbst übernehme. Die Einfahrt nach Arboga ist kein Kinderspiel. Mehr nach Lee! Nach Lee! Stopp die Maschine, zum Donnerwetter! Geh zur Seite, ich übernehme selbst. Sag, daß der Klüwer eingeholt wird!«

»Maschine stopp! Stopp!« hörte man die Antwort. Der Dampfer verlangsamte die Geschwindigkeit, und der geschickte Kapitän, der nun selbst am Ruder stand, hatte Zeit, den Kurs zu berichtigen, so daß die Pricke glücklich umschifft wurde.

Die innersten Gewässer des Mälarsees, oder seine westlichsten Anfänge bei Kungsbarkarö und Björkskog, sind voll von Untiefen, verborgenen Klippen und überraschenden Vorsprüngen, die einem immer übel mitspielen. Diese kleinen Landzungen nahe beim Arbogafluß sind eine Fortsetzung der flachen Kungsörwiesen – ein grüner Teppich weit im Westen –, die aussehen, als wollten sie unter das Wasser gleiten; und die Grenze zwischen den Wiesen und den Mälarwellen kann man – zumal am Abend – nicht genau erkennen. Deshalb nimmt der Schiffer das Dach des Schlosses Kungsör, das nicht weit von der Flußmündung entfernt liegt, ins Visier. Es ging, wie immer, auch diesmal für die »Yngve Frey« glücklich aus.

Als man gerade in den Fluß eingelaufen war, hörte man oben auf dem Achterdeck eine grobe, trockene Stimme sagen: »Wie weit ist es nun noch bis zur Stadt?«

»Sechs Viertelmeilen, zirka«, gab eine andere Stimme zur Antwort, überaus liebenswürdig, gefällig und eifrig. Die Stimme klang wir der Sopran eines Frauenzimmers, gehörte aber einem Mann.

»Gut!« erwiderte der Baß. »Es ist sieben Uhr, wir sind um acht, spätestens neun da und können auf eine ordentliche Mahlzeit und richtige Betten hoffen.« Die Worte wurden zwischen zwei Familienvätern gewechselt.

»Wenn der Herr Baron befehlen«, sagte der Sopran, auch er Baron, »so läßt es sich leicht – ziemlich leicht – arrangieren, hier von Kungsör aus über die Landstraße einen Eilboten, einen Kurier in die Stadt zu schicken, der Zimmer für uns bestellt. Um diese Zeit treffen nämlich viele Reisende ein.«

»Kann das geschehen, Kapitän?« fragte der Baß gleichmütig und von oben herab.

»Das läßt sich bestimmt machen, positiv, ganz gewiß«, versicherte der Sopran eifrig, noch bevor der Kapitän am Ruder selbst antworten konnte.

»Das kann geschehen«, sagte dieser, »obwohl nicht ohne gewisse Schwierigkeiten.«

»Inwiefern?« fragte der Baß, müde vom vielen Reden.

»Dochdoch, ohne Schwierigkeit, ziemlich leicht und bequem!« plapperte der Sopran blitzschnell dazwischen. Der rechtschaffene Kapitän am Ruder sah sich bedächtig um.

»Also noch«, sagte er, »kann eine Schaluppe an Land gehen und am Gasthof dort oben einen Burschen dingen, der in die Stadt reitet, wenn es unbedingt sein muß. Aber ich hoffe, wir werden genauso schnell dort sein wie er.«

»Oja, oja, oja«, sagte der Sopran, »wir erreichen zwar die Anlegestelle genauso schnell, mit Hilfe unseres tüchtigen Kapitäns, aber danach wird viel Zeit verschwendet, verschleudert, verplempert, bis man an Land kommt, deshalb ist es immer gut – sind der Herr Baron nicht auch dafür? –, einen Boten zu schicken, der alle Zimmer belegt.«

»So sei's!« sagte der schläfrige Baß und vergrub sein Kinn im Mantelkragen. Der Sopran stürzte wie ein munterer Windhund los, doch er stürzte nicht weiter als bis zum Kapitän, der ganz in der Nähe am Ruder stand.

»Bestellt, bester Kapitän, bestellt, bestellt!«

Dem Kapitän, so gutmütig er auch war, schien dieses Gehabe lästig zu sein, aber er wollte sich den Herrschaften nicht widersetzen und rief einen seiner Leute.

»Mach die Jolle klar und setz über an Land und ...« Er erklärte dem Mann den Auftrag. »Dann ruderst du uns nach.«

»Ja, der Baron bezahlt die Mühe, das versteht sich, versteht sich!« murmelte der Sopran, an den Kapitän und mit einer halben Bewegung an den in seinen Mantel vergrabenen Baß gewandt.

»Es kostet ja auch etwas«, erwiderte der Kapitän ruhig, strich sich das Kinn und betrachtete die beiden Ufer, zwischen denen er steuerte. Auf der rechten Seite bot sich ein bezaubernder Anblick. Die Wiesen erstreckten sich unermeßlich weit nach Norden und Nordwesten, sie waren mit zahllosen Heuschobern übersät – wie die kleinen unverschnittenen Garnbüschel auf der Rückseite eines großen grünen Gobelins.

Und all das hier hat sich Hörstadius einverleibt. Das ist wirklich ein Pastor! sagte der Kapitän vor sich hin, während er am Ruder stand. Dieser Mann wird vor seinem Tod noch maßlos reich oder maßlos arm – das ist ein Pastor, der mit Heu predigt. Er kann sagen, wie es in der Bibel steht: Alles Heu ist Fleisch, denn an diesen Wiesen, bei so guter Pacht, verdient er reichlich. Das Kammerkollegium oder Kriegs ..., ich weiß nicht genau, war ihm wohl sehr gefällig gewesen. Aber ich wundere mich, daß er über Ländereien in allen Provinzen verfügt, nicht nur bei Kungsör, sondern auch in Sörmland, ja, im ganzen Land. Hat er nicht, hol's der Teufel, Pächtereien bis hinauf ins rauhe Uppland, in Sollentuna? Das ist doch ein Kerl von Ökonom, dieser Hörstadius! Da quält er seinen armen Körper damit, auf dem Bauernkarren zu sitzen, zieht sein Leben lang zwischen seinen Pachtgütern umher und sieht nach dem Rechten. Das muß ein verdammtes Herumgeziehe sein, Güter in allen Provinzen in Ordnung zu halten. Und während er so herumklappert, tut er sich noch nicht einmal was Gutes an, trinkt bloß Wasser. Hörstadius ist Västgöte, da liegt der Hund begraben. Das ist schon ein eigenartiges Völkchen! Aber was an ihm zu loben ist: er soll so rechtschaffen und anständig gegenüber allen seinen tausend Verwaltern, Knechten und Inspektoren sein und keinen mehr quälen als sich selbst. »Holt das Segel ein! Hißt die Flagge!« Nein, solch ein Märtyrer braucht man als Führer eines Dampfschiffs nicht zu sein. »Komm her! Komm und übernimm das Ruder! Ich geh hinunter. Jetzt ist der Fluß bis Arboga klar und leicht zu befahren.«

Der Steuermann gehorchte dem Befehl, der Kapitän übergab ihm das Ruder und ging über das Deck und die Treppe hinunter zu den unteren Räumen, wo schon der dampfende Toddy wartete. Punsch gab es auch.

Es wurde Abend. Im Westen war die Sonnenfee schon in der Umarmung der Wiesen von Kungsör versunken, aber ein dunkelroter Purpurschimmer hing noch am Horizont – das letzte Gewand, das die Schöne abgeworfen hatte, ehe sie sich zum Schlummer unter die Decke legte. Tausende langer rotblauer Streifen gingen von dem Schimmer aus, viele berührten das Wasser, und einige lagen verstreut auf den Gegenständen an Deck des Dampfers.

Eine weiche Hand berührte Alberts Schulter. Er blickte von den roten Streifen auf, die er lange betrachtet hatte – wie sie auf der geflammten Wasseroberfläche schaukelten und verschwammen. Es war Sara, und sie flüsterte: »Geh jetzt, ich werde nun auf deine und meine Sachen aufpassen, bis wir an Land kommen. Geh hinunter und trink dein Glas Punsch. Aber wenn wir an der Anlegestelle sind, mußt du schnell in die Stadt laufen und uns Träger beschaffen, bevor uns die anderen Passagiere die Burschen wegschnappen.«

Sie standen zufällig ganz allein dort vorn am Bug, so daß Sara nicht hätte zu flüstern brauchen. Aber Albert fand, es klang so vertraulich und gut, und ihr hübsches Gesicht war ihm dabei so nah, daß er sie, ohne zu überlegen, küßte und dann wegging, wie sie gesagt hatte.

Sara Videbeck – als sei nichts geschehen – begann geschäftig auf dem Vorderdeck allerlei Dinge zu erledigen. Sie packte ihre eigenen Koffer, Schatullen und Kleidungsstücke zusammen und trug auch den nicht besonders großen Tornister des Sergeanten, seinen Koffer und den Reisemantel heran. Man könnte sich fragen, woher sie alles kannte, aber im Laufe des Tages hatte sie zur Genüge beobachten können, welchen Sachen der Sergeant bei seinen Rundwanderungen an Deck besondere Aufmerksamkeit widmete, was er gelegentlich anhob, umstellte, zurechtrückte und so weiter. Und das tut ein anständiger Mann nur mit seinen eigenen Habseligkeiten.

Albert ging wirklich hinunter und trank ein Glas Punsch.

»Mamsell! Gebt mir freundlicherweise noch zwei Gläser und stellt sie auf das kleine Tablett hier. Bemüht Euch nicht weiter, ich trage es selbst.«

Die Büfettmamsell, froh über den milden Ton eines vorher so barschen Fahrgastes, kam schnell der Bestellung nach. Albert nahm sein Tablett, trug es, geschickt wie ein Kellner, die Treppe hinauf und ging hinüber zum Vorschiff, um seine Reisebegleiterin zu bedienen.

»Ist das ›Carolina‹?« fragte sie. »Ich trinke keinen Punsch.«

»Trink doch, mir zuliebe, heute abend ein Glas Punsch, es wird kühl. Er ist wirklich gut.«

»Wirklich!« sagte sie, als sie das Glas geleert hatte. »Albert, der ist besser als ›Carolina‹.«

»Genau das habe ich immer behauptet«, erwiderte der Sergeant und trank das andere Glas aus.

Da wurde Salut für die Stadt Arboga geschossen, und das Dampfschiff legte, wie üblich, am rechten Ufer unterhalb von Lundborgs Anwesen an.

Der Sergeant, gewandt, flink und in glänzender Stimmung, sprang als erster an Land. Er schaute sich in der nächsten Straße etwas um und traf zwei untätig herumstehende Arbogaleute, mit denen er sich schnell einig wurde. Sie folgten ihm mit einer Trage, die sie in der Nachbarschaft geholt hatten, zum Dampfer. Dort angekommen, fand Albert nicht gleich, was er suchte. Etwas ratlos sah er sich in der Abenddämmerung nach dem rosa Kopftuch um, es war nicht da. Endlich entdeckte er Sara Videbeck an Deck – mit Hut. Obgleich die beiden Männer mit der Trage auf Anweisungen warteten, konnte er nicht umhin, seine verwandelte Freundin einige Augenblicke zu betrachten. Er hatte sie so schon am Morgen gesehen, aber da hatte sie ihn nicht sonderlich interessiert. Doch jetzt – ist sie das? dachte er. Als Demoiselle wollte er sie, einmal gewarnt, keineswegs betrachten. Aber der niedliche weiße Kambrikhut saß recht anmutig auf dem hübschen, selbstbewußten, feinen Kopf, und auch ein paar dunkle Locken zierten, ganz wie es Sitte war, kleidsam zu beiden Seiten die Schläfen. Albert zeigte den Trägern, wohin sie zu gehen hatten. Sara sagte, das vierte Wort betonend: »Das hier sind unsere Sachen. Achtet darauf, daß sie sich beim Transportieren nicht scheuern.«

»Keine Gefahr, Frauchen«, sagte der eine Mann.

»Sagt selbst«, bemerkte der andere, »welches Stück Euch am teuersten ist, Frau, dann legen wir es zuoberst.«

Albert lächelte vor sich hin, aber er sah in Saras Gesicht einen recht säuerlichen, abweisenden Zug.

Sie kamen an Land.

»Wohin, befehlen die Herrschaften, sollen wir gehen?« fragte der vordere Träger.

»Zum Gasthof.«

»Ach so, die Herrschaften sind nicht von hier? Da erlaube ich mir zu empfehlen«, fuhr der Mann fort, »daß sich der Herr schnell um ein Nachtquartier im Gasthof bemüht, weil nämlich viele Reisende angekommen sind.«

»Ich komme mit dem Gepäck nach«, sagte Sara schnell, »lauf voraus, Albert! Wir finden schon zum Gasthof.«

Der Sergeant tat, wie ihm geheißen. Er schritt durch die langen Straßen Arbogas und kam nach einer Weile zum Gasthof.

»Gibt keine! Gibt keine!« war die Antwort des Wirts auf Alberts Frage nach Zimmern.

»Aber ich komme vom Dampfer und muß Unterkunft haben.«

»Und wenn der Herr von der Sonne oder gar vom Blocksberg käme, würde es deshalb hier nicht mehr Zimmer geben. Hier sind Baron X und Baron Y und Baron Z abgestiegen und haben für sich und ihre Familien schon alle Zimmer belegt. Und sonst in Arboga ..., nun ja, hört Euch um, mein bester Herr, aber ich bezweifle gewaltig, daß ... Der Markt in ..., hm, hat nämlich eine unheimliche Menge hergelockt.«

»Nun, ich begnüge mich auch mit einem einzigen Zimmer«, (kann selbst ja auf irgendeinem Heuboden schlafen, dachte er) »aber sauber und hübsch. Es kann ruhig klein sein. Seid so gut, egal, was es kostet.«

»Hat die Frau noch ein einzelnes Zimmer, Annette?« sagte der Wirt und sah hinüber zu einer Seitenkammer. »So ein paar verdammt lockere Freiherren haben uns voll und ganz okapiert. Sonst haben wir ja Lokale genug – aber sie gehören zur Noblessität des Ortes, und deshalb, versteht der Herr ...«

»Nein«, gab Annette Bescheid, »nichts frei.«

»Aber ich muß, hol's der Teufel, ein Zimmer haben«, sagte der Sergeant entschlossen und ging selbst hinein. »Nur ein Bett wird gebraucht. Es ist unmöglich, daß es in einem so großen, geräumigen und schönen Hotel wie diesem hier keins geben soll. Ich bin schon in Arboga gewesen und weiß, daß ein langer Gang am Hof zu unzähligen Zimmern führt.«

»Na, na, bester Herr«, sagte eine kleine, untersetzte Frau mit Haube, die Wirtin selbst, »Annette, geh den Gang ganz nach hinten und sieh nach, ob meine Kammer in Ordnung gebracht werden kann. In der Stunde der Not muß ich wohl auf meine eigene Ruhe verzichten.«

Der Sergeant begleitete Annette. Er fand eine recht anständige, große Stube vor, war einverstanden und ging zurück. An der Tür traf er Sara und die Träger. Er zeigte ihnen den Weg die Treppe hinauf, die zu dem langen, bretterbelegten Gang führte, der sich wie eine Galerie um das Stockwerk herumzog. Sara war durch das Laufen wieder munter geworden, sie hatte frische Farbe bekommen, ihre Miene wurde aber wieder von Ärger überschattet, als der Träger sie höflich aufforderte: »Geht voraus, Frauchen!«

Kurz darauf zeigte sie jedoch wieder ihr normales Gesicht, und, gefolgt von Albert und Annette, trat sie in die angewiesene Kammer und fand sie vortrefflich. Flink und fröhlich verstaute sie das Gepäck an der einen Wand. Die Träger wurden entlohnt und verabschiedet. Nach einem

Hinweis von Annette, daß unten gerade ein kleines Eßzimmer frei geworden sei, gingen die beiden hinunter und nahmen ein einfaches Abendessen zu sich, das vor allem Sara Videbeck gut gebrauchen konnte.

Eine halbe Stunde verging. Dann wurden sie aus dem Eßzimmer wieder hinaufgeführt, Annette ging voraus, um die Tür zum Nachtlogis zu öffnen.

»Gott geb's, daß die Herrschaften zufrieden sind!« sagte sie. »Wir haben nichts Beßres, wegen der vielen Reisenden. Ich werde gleich Licht bringen.« Sie knickste, ging hinaus und ließ die beiden allein.

Das breite, einladend aufgedeckte Bett ließ erkennen, wofür die freundliche Annette die beiden hielt. Um augenblicklich jeder Verlegenheit zuvorzukommen, sagte Albert: »Liebe Sara, ich setze mich unten in einen Wagen oder verbringe die Nacht auf dem Heuboden. Der dumme Einfall dieser Tölpel, dich als Frau anzureden, ärgert mich genausosehr wie dich; aber wer kann dafür, daß sich großspurige Barone überall breitgemacht haben, so daß ich nur ein einziges Zimmer bekommen konnte, und das mit knapper Not. Nun hoffe ich nur, daß es dir hier gefällt, daß du ungestört bleibst und gut schläfst.«

Sara hatte inzwischen ihren Hut abgenommen und auf einen Stuhl gelegt. Mit einer freundlichen Geste trat sie zu ihrem Reisekameraden und erwiderte: »Halte es, wie du willst, und sitz da draußen, wo es dir behagt, Albert. Ich kann mir schon denken, warum du so viel Aufhebens von diesem anständigen, hübschen Zimmer machst und ärgerlich bist, daß es nur eins ist. Wenn du, wie ich, in einer einzigen Stube geboren und aufgewachsen wärst und das ganze Leben darin zugebracht hättest – tagsüber war sie Werkstatt und nachts Schlafkammer für uns alle zusammen, weil wir die übrigen Zimmer bei uns zu Hause aus Not vermieten mußten –, dann würdest du über diese Lappalie nicht weiter reden. Aber wenn du auch nicht ganz so bist wie viele andere, kann ich mir doch denken, daß man dir allerlei törichte Vorstellungen anerzogen hat. Deshalb, Albert, Guter ..., ja, mach, was dir gefällt, aber ich versichere dir: wenn du hierbleibst, statt über Nacht da draußen im Kalten zu sitzen, werde ich überhaupt nichts dabei finden, und ich wünschte, du würdest es auch so betrachten, denn dann würde es wirklich nichts bedeuten.«

Wenn du hierbleibst, werde ich nicht das geringste dabei finden! hallte es wie ein Echo in der Seele des Sergeanten wider – und das war so vernichtend für sein Selbstgefühl, so grausam und niederschmetternd, daß es ihn stumm machte.

»Albert!« fuhr sie fort, trat nah an ihn heran und nahm seine Hand. »Versteh mich nicht falsch, und wundere dich nicht. Wenn ich von den Nächten vor langer Zeit daheim absehe, als Papa noch lebte – er blieb zwar meist weg, aber dann und wann kam er doch nach Hause und wütete mit viel Lärm, mit Schlägen, leider Gottes, und Flüchen, bis vier Uhr morgens –, wenn ich davon absehe, so kann ich dir versichern, daß es in unserer Werkstatt, wo wir schliefen, nachts immer so ruhig zuging, daß nicht das kleinste Glas zerschlagen wurde. Ich bin Beengtheit gewöhnt. Aber geh du nur hinaus. Albert, dich stört diese Nebensächlichkeit vielleicht sehr, und ich kann dich nicht ändern.«

Jetzt mußte er lächeln, er konnte nicht anders. Er ließ ihre Hand los.

»Schon gut«, erwiderte er, »jetzt bestelle ich jedenfalls erst einmal die Pferde für morgen.«

»Natürlich, da mußt du jetzt gehen!« sagte Sara schnell. »Morgen ist es zu spät, alles zu regeln, wir müssen zeitig fertig sein. Und du bleibst heute nacht, wo du willst; aber nimm den Kammerschlüssel mit, wenn du weggehst, damit kein anderer aus Versehen hereinkommt. Und sag der Jungfer unten, daß sie kein Licht heraufzubringen braucht, ich sehe schon genug, wenn ich mich hinlege.«

Albert ging. An der Tür drehte er sich um. Sie stand mitten im Zimmer und machte einen Knicks.

»Gute Nacht, Albert, wir sehen uns morgen!«

Er verbeugte sich, schloß die Tür hinter sich und zog den Schlüssel ab. »Unbegreiflich!« murmelte er zwischen den Zähnen. Gute Nacht! Wir sehen uns erst morgen! Ist das eine Einladung, heute abend wiederzukommen? Und ihre ersten Bemerkungen schienen das doch anzudeuten? Ich gehe hinunter und entscheide mich im Hof.

Unten bestellte er die Pferde, sagte Annette Bescheid, daß kein Licht benötigt werde, aber daß der Kaffee Punkt sechs Uhr am Morgen gebracht werden solle. Dann schlenderte er auf dem Hof umher auf der Suche nach Wagen, die sich als Schlafstatt eigneten. Aber es waren keine zu sehen. Durch das Distelgestrüpp zwischen den Ritzen des Schuppens entdeckte er zwar einige herrschaftliche Wagen, aber sie waren eingeschlossen. Er ging den abschüssigen Hof hinunter. Es sah aus, als werde es in der Nacht regnen. Er kam zum Stall und klopfte an die Tür. Von drin brüllte ein betrunkener Stallknecht: »Scher dich zur Hölle!«

Was für ein Hundsfott von ordentlichem Gastwirt, der alle seine Schuppen, Türen und Böden so zeitig abschließt! Prosit, Sergeant, hier hast du dein Vergnügen, abgeschnitten von der ganzen Menschheit. Ich gehe für eine Minute hinauf, um zu sehen, ob Sara gute Miene macht und mich empfängt. Dann gehe ich wieder hierher und verschaffe mir Gehör bei diesem verteufelten Stallknecht mit seiner Hölle.

Zu seinem Vorhaben trieb ihn die Neugier. Aber er ging doch erst viele Male auf dem holprigen, grob gepflasterten Hof hin und her, wobei er sich mehrmals die Füße stieß, und führte Selbstgespräche. Gute Nacht! hat sie gesagt, aber ihre Stimme, das habe ich gemerkt, zitterte dabei ein wenig – lieblich, unergründlich, wie aus tiefstem Herzen. Das kann man auslegen, wie man will, und es muß nicht völlige Gleichgültigkeit bedeuten oder endgültiges gute Nacht, wie zum Abschied. Es kann genau das Gegenteil sein. Ich habe Lust, sie auf die Probe zu stellen, sie zu quälen und nicht hinaufzugehen. Wir sehen uns morgen! Also nicht heute abend? Vorher jedoch war es mir überlassen zu bestimmen, was ich wollte! Ich werde sie prüfen: Ich gehe auf eine Minute hinauf, eine halbe Minute.

Er stieg langsam die Treppe hinauf, ging den langen Gang entlang, steckte den Schlüssel vorsichtig ins Schloß, öffnete, trat ein. Drinnen war es still. Er tappte im Halbdunkel umher. Saras Kleider lagen ordentlich zusammengelegt auf einem Stuhl. Und sie? Er streckte den Kopf vor. Sie schlief schon, mit dem Gesicht zur Wand. Alberts erste Empfindung war kühles Entzücken, denn er wurde – ohne Poet, noch weniger religiöser Schwärmer zu sein, ganz einfach als Unteroffizier – von dieser so selbstverständlichen, großen Unbefangenheit, dieser so reinen, ungeheuchelten Tugend unwiderstehlich angezogen. Sie hatte sich, ohne zu wissen, ob er nicht doch zurückkommen würde – und nun war er ja gekommen –, ruhig und im Gefühl der Geborgenheit hingelegt und war gleich eingeschlafen, ohne inneren Aufruhr, ohne Befürchtungen, ohne Ziererei, ohne Umstände.

Aber Alberts nächster Gedanke war weniger angenehm. Er fand, es müsse ganz sicher ihr völliger, kalter Ernst gewesen sein, als sie sagte, es würde ihr nicht das geringste ausmachen, wenn er dabliebe. Was bedeutete er demnach für sie? Dasselbe wie ein Stuhl ..., ein Tisch ..., ein Türpfosten ..., ein Gleichviel.

Niederschmetternd! Vernichtend! Einem Stuhl gestattet ja das schönste Mädchen ohne weiteres, bei ihrer Toilette zugegen zu sein. Allzu schmeichelhaft, die gleiche Gunst zu genießen!

Albert zog sich die Stiefel aus, ging leise und in sich versunken ein paarmal über die Dielen, zog den Rock aus, und da er eben von einem Stuhl phantasiert hatte, suchte er einen und fand ihn auch – einen mit Armstützen und ungeheurer Rückenlehne; einen jener historischen Stühle, die man seit dem 17. Jahrhundert in alten Schlössern findet oder in Kleinstädten, wohin sie durch die weltumfassende Macht der Auktionen geraten sind.

Er trug seinen großen Lehnstuhl vorsichtig zum Fenster, setzte sich, schaute durch die Scheiben hinaus, betrachtete das Himmelsgewölbe und versuchte einzuschlafen. Aber er konnte nicht einmal gähnen. Der Stuhl war weich, aber Albert fühlte Stiche in der Brust, und der ganze Raum umgab ihn mit dunkler, kalter Widerwärtigkeit. Er sah hinüber zum Bett. Die reinen, frischgemangelten Laken der Wirtin schimmerten weiß. Im übrigen erschien es ihm leblos und ohne Sinn.

So saß er eine Weile und schloß die Augen, um etwas zu tun. Aber dennoch sah er. Was sah er? Eine lange Bildergirlande entrollte sich vor seinem inneren Blick. Da erschienen all die kleinen besonderen Ereignisse des verflossenen Tages, und Saras Bild erneuerte sich ständig, doch sie wirkte so sanft, so heiter. Es hatte mit dem Augenblick in Strängnäs begonnen, als sie du zueinander sagten – dann kam sie mit der Zigarre – dann, dann, dann ... Kann es nach all dem möglich sein, daß sie dich haßt? fragte er sich.

»Dummer Sergeant!« rief er halblaut und starrte hinauf zur Decke. Mich hassen? Das tut sie bestimmt nicht. Haßt man einen Stuhl? Haßt man einen Tisch? Haßt man ein Möbelstück? Etwas Gleichgültiges ..., ein Nichts ..., etwas wie mich!

Er lauschte, um herauszubekommen, ob sie nicht irgendwie unruhig schliefe. Aber es war nichts zu merken. »Sara Videbeck gehört nicht zu denen, die träumen«, seufzte er und schloß erneut die Augen. Im Grunde hat sie wohl doch ein Herz aus Glas, hart und kalt, glänzend, aber erstarrt.

Sie fragt wahrlich nicht nach Hassen oder Lieben. Aber was ist sie dann selbst? Sie ist selber ein Stuhl, gefühllos, so wie ich nach ihrer Meinung ein Stuhl bin, was sie mir offen gesagt hat. Tugendhaft? Kann ich einen Stuhl tugendhaft nennen? Sie ist überhaupt nicht so, wie ich sie mir vorstelle – weder gut noch böse. Wie kann ich ein Nichts tugendhaft nennen? Oder gar lasterhaft? Aber halt, Sergeant, du hast unrecht, fuhr er kurz darauf fort, sie ist kein solches Nichts, wie du sagst. Erinnerst du dich, par exemple, an jene lebhaften Blicke? Den warmen Mund? Dann und wann ... Nein, sie hat schon Gemüt, sei dessen sicher. Aber ob ich der Richtige bin, ja, das ist eine andere Frage. Was ist sie dann für eine? Ist sie liederlich? Pfui, schäm dich! Das kann mir doch nicht im Traum einfallen. Aber ein Zwischending ist sie, ich begreife es nicht, und wenn ich mir den Kopf noch so sehr zerbreche. Ich werde noch Poet. Ich bin ja erst fünfundzwanzig Jahre.

Ach, dachte er, wenn ich einschlafen könnte! Morgen wird alles gut. Trotz dieses Wunsches sah er nun doch wieder zum Fenster hinaus und zum Himmelsgewölbe hinauf. Es war klarer geworden, und ein paar Sterne erschienen. Er rieb mit der Hand an der beschlagenen Scheibe. Was ist denn diese Scheibe? begann er zu philosophieren. Was ist in dieser Welt eine Glasscheibe? Sie ist auch ein Zwischending, ein Ding zwischen drinnen und draußen – eigentlich wunderbar, denn die Scheibe selbst ist nicht zu sehen und trennt dennoch so entschieden die kleine Menschenwelt drinnen und das unermeßlich große Draußen. Ich kann in der Scheibe selbst nichts sehen, aber durch sie hindurch sehe ich trotzdem die Sterne des Himmels. Die Scheibe an sich ist unbedeutend, vielleicht nichtig, trotzdem nicht direkt ein niederes Ding, finde ich, aber auch nicht von sehr hohem Wert; ja, genau, par exemple, wie ich selbst! Ach, ich möchte so gern meinen Namen in die Scheibe ritzen – ich habe nur einen Feuerstein hier in der Westentasche, ich habe Lust auszuprobieren, ob das wahr ist, was sie behauptet hat: daß man Glas damit nicht schneiden könne.

Er holte den Feuerstein heraus und probierte. Aber entweder war der Stein zu stumpf, oder er wagte nicht, sich mehr anzustrengen, weil es Lärm verursacht hätte – mit einem Wort: er konnte kein Zeichen einritzen. Da lehnte er sich traurig in seinem Stuhl zurück und legte den Kopf an die Lehne. Du hast keinen Diamanten, Albert! Mach die Augen zu und schlaf, und gib deine Ansprüche auf! Vor seinem inneren Blick verschwamm alles, die Gestalten erschienen immer stumpfer und grauer. Der Puls schlug ohne Hitze, ganz langsam, und dumpf klopfte das Herz. Das Universum war recht trübe. Er schlief ein.

Fünftes Kapitel

Trotzdem bleibt noch sehr viel,
wofür wir einander herzlich zu danken haben
und was mit Geld nicht zu bezahlen ist

Am Morgen wurde behutsam an die Tür geklopft. Albert fuhr in seinem Stuhl hoch. Auch die Bettdecke drüben bewegte sich ein wenig. Der Schlüssel, der noch draußen im Schloß steckte, wurde ganz einfach herausgezogen, die Tür ging auf, und Annette trat mit dem Frühstückstablett ein.

»Verzeihung, liebste Herrschaft, daß ich mit dem Kaffee auf mich warten ließ!« sagte sie redselig und geschäftig, wie Dienstmädchen in Kleinstädten bisweilen sind. »Wie ich sehe, ist der Herr schon auf? Verzeihung, ich weiß ja, daß Reisende sonst am liebsten im Bett frühstücken, aber Gott weiß, wie das heute gekommen ist, es ist schon halb sieben – die vielen Barone haben uns gestern abend lange in Trab gehalten, bis alles so hergerichtet war, wie sie es haben wollten. Gesegneten Appetit nun, und wohl bekomm's!«

Sara hob den Kopf, richtete sich auf und setzte sich in den Kissen zurecht. Annette ging zum Bett, knickste und drehte den Gebäckkorb so, daß die gnädige Frau den knusprigsten Zwieback bequem erreichen konnte.

Albert hatte inzwischen die Stiefel angezogen. Ein kaum merkbares Kopfnicken Saras deutete ein stummes guten Morgen an. Dieser kleine Gruß, ihr morgenrosiges, heiteres Antlitz waren für ihn ein erfrischender Tagesbeginn. Er bemerkte, daß sie ihm ein Zeichen gab, ging hin und setzte sich auf den breiten Bettrand, dorthin, wo das Bett während der Nacht unbenutzt geblieben war. Annette brachte ihm seinen Kaffee. Er ließ es sich schmecken.

»Wünschen die Herrschaften mehr?« fragte sie beflissen, schon an der Tür.

»Warum nicht«, sagte Albert. Sie ging hinaus.

Nach einer verlegenen Pause sagte Albert: »Beste Sara, ich sehe ein, daß du über die falschen Titel, die uns die Leute geben, mit Recht verärgert bist, doch während der Reise werden uns weitere unliebsame Deutungen und Dummheiten erspart, da es sich nun einmal so ergeben hat ...«

»Ich habe das auch eingesehen«, erwiderte sie, »und bin nicht verärgert. Ich hätte um keinen Preis eine Unwahrheit verbreiten wollen, aber da es von selbst so gekommen ist, da ... Albert, ich bin sehr froh, daß du mich vorhin nicht mißverstanden oder es mir übelgenommen hast, als ich dich herwinkte, damit du dich auf die andere Bettseite setzt – das hier ist ein mächtig breites und bequemes Bett, ich habe geschlafen wie eine Königin –, aber ich wollte das Mädchen nicht merken lassen, daß die eine Seite nicht benutzt worden ist, sie würde sonst auf sonderbare Gedanken über uns beide kommen.«

Albert zog seinen Rock an, ging zur Tür und sagte: »Ich werde hinuntergehen und Bescheid sagen, daß sie anspannen.«

Die bestellten Pferde waren angekommen, auch ein Zweispänner, mit Heu und Stroh auf dem Boden und zwei gewöhnlichen, harten Bauernstühlen als Sitzplätzen. Sie mag dieses Bauernzeugs nicht, habe ich von ihr gehört – der Gastwirt muß mir einen gepolsterten Sitz leihen, sagte er zu sich selbst.

Er ging, und nach einigem Verhandeln erhielt er einen anderen Sitz, der mit Halftern vorn über dem Wagen festgebunden wurde. Aber, überlegte Albert wieder, hier, mitten über der Achse zwischen den Vorderrädern, rüttelt es verflucht. Es ist besser, wenn der Bauer selbst dort sitzt und kutschiert, und wir nehmen auf dem Rücksitz Platz, zwischen den Achsen, ja dort. Sonst sitze ich ja am liebsten ganz vorn und kutschiere selbst, aber Gott weiß, ob sie die Pferdeschwänze gern so nahe hat – fast an den Füßen. Besonders wenn es bergab geht und die Pferde dagegenhalten, hat man sie beinahe auf dem Schoß. Mir macht so etwas Spaß, aber ich bin mir sicher, daß Sara solche ländlichen Possen nicht amüsieren. Ich werde hinaufgehen und fragen, wo sie sitzen will.

Die liebevolle Besorgtheit des Sergeanten war in diesem Fall fast kindisch. Behende und vergnügt sprang er indes die Treppe hinauf, öffnete die Tür und trat ein. Sara stand schon angezogen im Zimmer, fertig von Kopf bis Fuß. Nur den Hut hatte sie noch nicht aufgesetzt, den anderthalb Ellen langen Zopf noch nicht geringelt und mit einem Kamm befestigt.

»Erst einmal richtig guten Morgen!« sagte sie. »Wir haben uns noch nicht begrüßt. Ich habe vom Fenster aus gesehen, daß der Wagen schon auf dem Hof vorgefahren ist. Aber ...« fügte sie mit sanfter, ganz leiser und etwas zaghafter Stimme hinzu, »du hast meinetwegen eine sehr schlechte Nacht gehabt?«

Ihre Gestalt, wie sie da vor ihm stand, strahlte ein Gefühl großer Dankbarkeit aus und Befriedigung darüber, seiner Person grenzenlos vertrauen zu können, gleichzeitig kam eine gehörige Portion weiblicher Schalkhaftigkeit zum Ausdruck.

Albert antwortete nicht. Aber er konnte in diesem Augenblick nicht anders, als das zu tun, was er tat: Er nahm sie in die Arme und küßte sie ganz schnell.

Sara Videbeck wandte sich hastig den Gepäckstücken zu, um sie noch einmal zu überprüfen und zu überlegen, wie alles auf dem Wagen verstaut werden könnte, damit nichts beschädigt würde. Als Albert schon an der Tür war – er wollte den Bauern holen, der die Sachen hinuntertragen sollte –, winkte sie ihn zurück und sagte: »Ich habe mir etwas überlegt. Das beste ist, wenn nur du dich während der Reise einträgst und auch die Fahrtrechnungen begleichst, denn die Fuhrknechte können selten addieren, und wenn ich mit ihnen rechnen muß, ärgere ich mich so, daß es mir die Laune verdirbt. Also das ist mein Anteil an der Fahrt, berechnet ab hier bis Mariestad – ein Pferd für mich, 24 Schilling die Meile; 15½ Meilen macht 7 Reichstaler 36 Schilling; Wagenmiete 46½ Schilling; Aufschlag für die Städte Arboga und Örebro – mehr Städte sind nicht dabei – und Nachtquartier; macht alles zusammen 11 Reichstaler 6 Schilling. Hier, sieh her – ich glaube nicht, daß ich mich verrechnet habe, denn ich bin es gewohnt und kann es. Aber rechne trotzdem selber nach.«

Gedemütigt senkte der Sergeant den Kopf und gab keine Antwort. Er streckte auch nicht die Hand aus, um die Silbermünzen, die aus der Börse zum Vorschein kamen, in Empfang zu nehmen.

»Lieber Albert«, sagte sie traurig, »vielleicht habe ich mich geirrt, und du fährst gar nicht mit bis nach Mariestad? Ich meinte, du hast gestern irgendwann gesagt, daß du in den Kreis Vadsbo und noch weiter hinunter, bis nach Mariestad müßtest? Ich habe unsere gemeinsame Fahrt bis dorthin berechnet, wenn das nicht richtig ist, dann sag es mir ...«

»Darüber habe ich nicht gegrübelt«, erwiderte er. »Aber ich leugne nicht, daß ich gern all die verdammte Fahrerei bezahlt hätte, denn ich bin nicht gerade am Rande des Ruins, und wenn ich auch vielleicht das letzte Stück nicht mehr mit dir zusammen fahren sollte, hätten wir das ja dann später unter uns regeln können ...«

Sara sah ihn mit großen Augen an.

»Ach so?« sagte sie schließlich und wandte den Blick enttäuscht ab. »Nein, Albert, sei doch kein Schwätzer. Alles hinterher zu regeln, ist nichts für Leute, die sich mögen. Du wärst dann genauso verlegen wie jetzt, wenn du meinen

Anteil annehmen solltest, und mir wäre es noch peinlicher, ja, ich würde wie auf glühenden Kohlen sitzen bei dem Gedanken, die Schuld vielleicht doch nicht begleichen zu können. Dankbarkeit in solchen Dingen ist unerträglich.«

»Mein Gott, Sara, ist denn gegenseitige Hilfe, ist ..., ja ..., Dankbarkeit, die zwei Menschenherzen füreinander hegen, ein so unerträgliches Gefühl?«

»Dankbarkeit – Albert!« Ihre Augen öffneten sich weit, als sie das sagte. »Es gibt Dinge, die man niemals vergelten kann – dann ist Dankbarkeit ein gutes Gefühl, und es ist angenehm, jemand zu ewigem Dank verpflichtet zu sein. Aber Fahrgeld und Geld für Mahlzeiten und für Nachtquartiere und für Nebensächlichkeiten – dafür mag, wer will, in Schuld stehen, ich nicht. Na ja, wenn ich kein Geld hätte, wäre es begreiflich, daß ich mich darein schicken und es annehmen müßte – mich schämen würde, weinen, demütig und dankbar sein würde. Aber weil ich das nicht will, hüte ich mich davor, jemals leichtsinnig zu sein; und ich werde so lange wie möglich selbst dafür sorgen, daß ich finanzielle Mittel habe. Sprich nicht mehr davon, Albert, und sei ein Mann ... Ach, trotzdem bleibt noch sehr viel, wofür wir einander herzlich zu danken haben und was mit Geld nicht zu bezahlen ist.«

Eine Träne hing an den Spitzen ihrer langen dunklen Wimpern, fiel aber nicht herab, sondern zog sich allmählich ins Auge zurück – kein Weinen, die Augen wurden nur glänzender und schimmerten fast überirdisch.

Albert begann zu begreifen, daß es überhaupt nicht unter seiner Würde war, dieses Geld anzunehmen. Er nahm die Münzen, ja, er ging sogar so weit, sie genau nachzuzählen, als habe er sie aus der Hand eines Krämers empfangen. Er befand die Summe für richtig und sagte betont kühl und markig: »Du hast richtig gerechnet, Sara.«

Sie verstand, welchen Sieg er über sich selbst errungen hatte, und belohnte ihn mit einem Nicken besonderer Art.

»Das wußte ich«, sagte sie, »aber es schadet nichts, wenn zwei addieren, das ist immer besser.« Sie griff nach ihrem langen Zopf, ringelte ihn zierlich unter dem Kamm im Nacken, setzte den Hut auf und ging zur Tür.

Der Sergeant vergaß, nach der Anordnung der Sitze zu fragen. Sie gingen hinunter in den Hof und wiesen den Fuhrmann an, die Gepäckstücke zu holen. Er brachte sie nacheinander herunter, und Sara verstaute alles in dem langen Wagen, während Albert zum Gastwirt ging, bezahlte und sich ins Gästebuch eintrug.

»Der Paß müßte wohl auch eingesehen werden«, bemerkte der Wirt, »aber bei den Herrschaften ist das ja nicht nötig.«

»Aber bewahre ... Bitte, hier, wenn es verlangt wird.« Albert hielt ihm den aufgeschlagenen Paß unter die Augen.

Der Wirt las: »Serg..., Serg..., ja, sehr gut. Die Frau ist hier zwar nicht genannt, aber das macht nichts. Es ist schon gut so.«

»Ja, Herr Wirt«, sagte Albert schnell, »um die Wahrheit zu sagen: als ich um meinen Paß einkam, wollte ich eigentlich nur allein reisen. Aber Ihr wißt ja, daß man oft seine Meinung ändert, und dann habe ich sie doch mitgenommen; aber ich wollte die Polizei nicht bemühen und einen neuen Paß ausstellen lassen.«

»Na, das ist begreiflich. Was tut's auch? Ordentliche Leute, die anständig reisen und bezahlen, fragt man nie nach dem Paß. Gute Reise, Herr Sergeant! Hoffe, die Herrschaften werden mit den Pferden zufrieden sein. Es sind meine eigenen.«

»Ach so, Herr Wirt. Na, vielleicht sollte ich da gleich die Fahrt bis Fellingsbro bezahlen, dann ist das erledigt.«

»Nein, das ist nicht nötig, obwohl – vielleicht doch, der Fuhrknecht trinkt gern einen über den Durst.«

»Hier: für fünf Viertelmeilen..., und noch etwas mehr ... Wo ist Annette? Bitte, nehmt das und gebt es ihr.«

»Danke ergebenst. Ein Glas, Herr Sergeant, auf meine Rechnung, wenn ich mir erlauben darf! So in der Morgenluft kann das nicht schaden. Sagt, würde es wohl angehen, daß ich der Frau ein Glas anbiete? Ich habe feinen Malaga.«

»Ich fürchte, Sara wird nicht wollen – so früh am Tag.«

»Man muß sie daran gewöhnen, Herr Sergeant. Topp! Ich wette, daß die Frau aus Västergötland ist? Eine vortreffliche Wahl, Herr Sergeant. Ich will nur wünschen, daß der Bauernwagen recht ist und nicht zu sehr rüttelt. Aber wenn man kein eigenes Gefährt hat, muß man vorliebnehmen. Meine Frau ist auch aus Västergötland, dort gibt es die besten Leute. Zu meiner Schande muß ich gestehen, daß ich einen Verwandten habe, der mit Hörstadius persönlich verwandt ist. Ich habe, übrigens den Herrn Sergeanten schon mal gesehen – groß, hübsch, ein stattlicher Mann! Und ich hoffe, ein weiteres Mal ..., bei der Rückreise ..., ergebener Diener ..., ergebenster Die...«

Der Sergeant konnte das Glas nicht ablehnen, aber die fast väterliche Huld und Vertraulichkeit des Gastwirts störte ihn und erinnerte ihn deutlich an seine Stellung als Unteroffizier.

Als er wieder in den Hof kam, sah er Sara schon auf dem Wagen sitzen. Der Wirt kam mit seinem Glas auf dem Tablett hinter ihm her.

»Gestatten! Gestatten!« sagte er schmunzelnd.

Aber Sara wandte den Kopf ab und sagte ärgerlich, mit halblauter Stimme: »Mit so was vertue ich die Zeit nicht, schon gar nicht am Morgen.«

Albert verspürte einen Stich, doch er sagte nichts, nahm Zügel und Peitsche und saß auf. Er kutschierte durch das Tor des Gasthofes hinaus, und in seiner Zerstreutheit hätte er sich beinahe festgefahren.

»Oijoi, paß auf, paß auf – so geht's nicht!« rief sie.

Der Sergeant ärgerte sich, hatte er sich doch immer ge-

rühmt, recht gut zu kutschieren. Er zerrte an den Zügeln, gab den Pferden einen Peitschenhieb, und ab ging es durch das Tor und dann durch die Straßen von Arboga zur westlichen Stadtgrenze, daß die Pflastersteine Funken sprühten. Man kann sich vorstellen, wie der Wagen dabei schüttelte und rüttelte.

»Fahrt vorsichtig, Herr!« mahnte der Knecht, der auf dem Sitz hinten saß, und erhob sich halb.

»Obacht, Lümmel, setz dich hin und halt's Maul!« brüllte der Sergeant.

Sie hatten nun die Landstraße erreicht, sie war eben und in vortrefflichem Zustand, und man konnte ziemlich schnell fahren, ohne daß jemand daran Anstoß nahm. Der Knecht schwieg denn auch und nickte ein, es waren ja nicht seine eigenen Pferde.

Sara saß schon die ganze Zeit seit der Abfahrt ein bißchen betreten da, mit ängstlichen Seitenblicken suchte sie zu ergründen, ob Albert wohl ernstlich böse sei. Aber wenn der Sergeant kutschierte, gab er sich diesem Vergnügen so ganz hin, daß er nichts anderes sah und hörte. Eine halbe, vielleicht auch eine ganze Stunde lang fiel nicht ein einziges Wort.

Einmal sagte Sara: »Es staubt!« Diese Bemerkung war die reine Wahrheit und brauchte deshalb nicht weiter erörtert zu werden.

Nach einer Weile sagte Sara wieder: »Es staubt mordsmäßig! Ich glaube, ich nehme den Hut ab.«

Der Sergeant war inzwischen wieder bei etwas besserer Laune – er antwortete zwar nicht direkt auf ihre Bemerkung, fragte aber doch: »Willst du lieber hinten sitzen? Ich sehe, daß der Falbe dir dauernd mit seinem langen, ruppigen Schwanz auf die Stiefel schlägt.«

»Dagegen habe ich nichts, er staubt sie ab.«

»Na gut. Dann willst du vielleicht auch nicht unbedingt hinten sitzen?«

»Neben dem Knecht? Hast du denn hier auf dem Vordersitz nicht genügend Platz zum Kutschieren?«

»O doch, aber der Knecht könnte sich nach vorn setzen und kutschieren, und wir beide setzen uns nach hinten, dort würdest du nicht so gerüttelt, Sara.«

»Ich kann nicht sagen, daß es jetzt rüttelt. Auf den Straßen in Arboga war es schlimmer.«

»Aber wenn du den Hut wegen des Staubes abnimmst, wozu sollte das gut sein? Deswegen staubt es wohl nicht weniger?«

»Nein, aber ein weißer Kambrikhut, der eingestaubt ist, muß sofort gewaschen werden, und das ist umständlich, weil er im See mit der Bürste gereinigt werden muß. Aus dem Seidentuch hingegen geht der Staub ganz leicht raus, wenn man es nur ein paarmal auf der Hand ausklopft.«

»Ja, wenn du die Kopfbedeckung wechseln willst, halte ich sofort an, und wir steigen aus.«

»Oder ob ich den Schirm nehme und gegen den Staub aufspanne?«

»Der Staub ist doch nicht wie Regen«, unterbrach sie der Sergeant, »der nur von oben auf einen Schirm fällt. Der Staub kommt von unten und wirbelt einem leider bis hoch zum Kopf. Ich mag keinen Schirm bei schönem Wetter.«

Sara schwieg. Sie fuhren wieder eine Viertelstunde, ohne zu sprechen. Doch jetzt wachte der Knecht auf und machte einen Heidenlärm im hinteren Teil des Wagens.

»Was stellt er denn mit unseren Sachen an?« schrie Sara und wandte den Kopf. Albert brachte die Pferde zum Stehen und drehte sich um. Aber da war nichts weiter geschehen, als daß sich der Knecht auf die linke Seite gedreht hatte und versuchte, so sein Nickerchen zu machen.

Bei diesem Anblick verflog Alberts Verstimmung. Er lachte über die groteske Stellung, die der Schläfer aus Arboga mit seinem heruntergezogenen Hut eingenommen hatte, und sagte: »Weißt du, Sara Videbeck, da wir nun einmal angehalten haben, mache ich eine kleine Pause. Die Pferde können verschnaufen – wir sind rasch gefahren –, und du kannst dich inzwischen gegen den Staub umziehen, wie du magst.«

Er sprang ab, ging um den Wagen herum und reichte seiner Reisegefährtin die Hand, um ihr herunterzuhelfen. Sie stand auf, suchte aber lange nach einem Halt für ihre blanke Stiefelspitze, die Radnabe erschien ihr zu teerverschmiert. Ihm dauerte es zu lange, er ließ deshalb ihre Hand los und umfaßte statt dessen die ganze Person, hob sie hinunter auf den Boden und sagte: »Nun wirst du merken, daß du nach der Fahrerei gar nicht richtig stehen kannst.«

»Oh, ich fühle mich recht wohl, und stehen kann ich bestimmt. Aber du fährst wirklich ziemlich schnell, Albert, besonders auf ... Weißt du, der Magistrat von Lidköping hat ein Verbot erlassen, wonach Reisende nicht wie die Teufel durch die Straßen fahren dürfen.«

»Was für ein dummer Magistrat, Sara. Ich werde mich wohl hüten müssen, nach Lidköping zu fahren. Aber aufrichtig: Bist du nicht durstig von diesem widerwärtigen Staub? Ich kenne hier oben auf dem Hügel eine kleine Quelle. Findest du nicht, daß diese Auen recht hübsch sind?«

»Nennt sich das Auen? Ist es noch weit bis Fellingsbro?«

»Aber magst du denn schöne Landschaftsbilder nicht?«»Landschaftsbilder?« fragte sie und sah sich gleichgültig um. »Die sind selten natürlich gemalt, Albert. Mama hatte ein paar Landschaftsbilder zu Hause an der Wand in der Werkstatt hängen, aus Papas Zeit, aber ich habe sie auf den Boden bringen lassen.«

»Jaha. Aber findest du denn nicht, daß man hier eine gute Aussicht hat? Schau dorthin, ganz weit drüben im Westen liegt das schöne Frötuna, früher Dalsons, jetzt Graf Hermansons Besitz.«

»Aussicht haben wir in jeder Richtung, wohin ich mich auch wende, finde ich. Aber sag, ist das hier nicht ein Sprengel? Bei uns in Västergötland gibt es überall Sprengel, sobald man aus der Stadt herauskommt. Und jeder Sprengel hält sich in der Schuhmacherei und der Schneiderei seine Innungsmeister, sie dürfen Lehrlinge haben, aber keine Gesellen. Doch es freut mich, daß die Sprengel sich noch keine eigenen Glasermeister halten, zumindest die Sprengel um Lidköping nicht, soviel ich weiß. Denn ich habe oft jemand nach Råda, Åsaka, Gröslunda, Sävared, Linderva, Hovby, Trassberg, ja, bis nach Skallmeja zu Glaserarbeiten geschickt.«

Der Sergeant hatte sich inzwischen neben die Pferde gestellt und plauderte mit ihnen, da es ihm unmöglich schien, das hübsche Mädchen zu einem vernünftigen Gespräch über den Reiz der Landschaft zu bewegen. Doch zu ihrer Entschuldigung wäre zu erwähnen, daß die Gegend zwischen Arboga und Fellingsbro nicht gerade übermäßig schön ist.

»Welchen Weg bist du nach Stockholm gefahren, Sara?« fragte Albert nach einer Weile, nachdem sie ihren Hut in eine passende Schachtel gelegt und statt dessen ein großes, hellgrau-glänzendes, hübsches Seidentuch um den Kopf gebunden hatte.

»Gefahren?« sagte sie.

»Ja, Sara, du bist sicher den gleichen Weg, den wir jetzt reisen, nach Stockholm gefahren. Denn ich finde, der Weg und die Sehenswürdigkeiten hier sind dir ziemlich gleichgültig.«

»Ich habe mir ein Billett für die »Thunberg« gekauft«, antwortete sie, »bin bei Kållandsö, als sie auf dem Weg von Vänersborg anlegte, an Bord gegangen, und dann ist sie mit mir kreuz und quer gesegelt, bis sie am Stockholmer Riddarholmen angelangt war.«

»Aber ich finde, in Arboga hast du recht gut Bescheid

gewußt über Gasthöfe und Orte, die an diesem Weg liegen.«

»Das versteht sich doch von selbst, daß ich mich danach erkundigt habe, da ich mir diesen Weg für die Rückfahrt vorgenommen hatte, weil ich in Örebro und Hova etwas erledigen muß. Ich will dort Selin ein paar Glaswaren verkaufen, das bringt die Reisekosten wieder herein. Übrigens ist es keine Kunst, über die Gasthöfe Bescheid zu wissen. Schau, Albert, hier: ich hab mir eine Liste über alle gemacht, dazu die Entfernungen in Meilen – alles aufgeschrieben in Warodells Laden in Stockholm, an den man mich verwiesen hatte. Und ebendiese Liste hab ich gestern abend auswendig gelernt, bevor ich eingeschlafen bin.«

Albert sah sich ihre Liste an, geschrieben in einer gut leserlichen weiblichen Handschrift. Und das hat sie sich nun gestern abend eingeprägt, bevor sie eingeschlafen ist, während ich gerade ...! Das war ein niederschmetternder Gedanke für Albert.

»Du hast dich vor dem Einschlafen nicht gerade mit interessanten Themen beschäftigt«, sagte er laut, mit saurer Miene.

»Ich habe alles durchgelesen, Entfernungen und Namen – das war nicht langweilig. Und dann habe ich im Kopf meinen Anteil für die Fahrt ausgerechnet, um zu wissen, wieviel ich dir am Morgen vor der Abreise zu geben hätte. Das hat Spaß gemacht, ich habe dabei an dich gedacht ... und bin schnell und ruhig eingeschlafen.«

»Jaja, letzteres war ja wirklich was zum schnellen Einschlafen«, bemerkte Albert.

Jetzt hatten die Pferde lange genug verschnauft, und der Sergeant, nicht in bester Laune – zumindest verärgert über die menschliche Fähigkeit zu schlafen –, ging zu dem Fuhrknecht und weckte ihn mit einem derben Knuff.

»Hans, Michel oder Hundsfott oder wie du heißt, ist das

eine Art zu schlafen, wenn man Fahrgäste hat? Auf mit dir und herunter vom Sitz!«

Der Knecht, schlaftrunken und verdutzt über den groben, strengen Ton, hopste vom Wagen, gehorsam und untertänig, wie Dienstleute in Städten oft sind.

»Was befehlen der Herr?« sagte er.

»Los, binde die Halfter hier auf und wechsle die Sitze. Stell deinen Bauernstuhl nach vorn und setz dich drauf und nimm die Zügel. Die Straße nach Fellingsbro ist jetzt so eben und gut, daß der größte Trottel hier fahren kann. Mir macht das Kutschieren nur Spaß, wenn es schwierig ist und Geschick erfordert. Hurtig, hurtig, sag ich, verschlafner Faulpelz! Und binde diesen Polstersitz hinten fest, mitten auf dem Wagen – dort setzen wir uns hin.«

Der Knecht wurde allmählich munter und führte prompt die Anordnungen des Herrn Off'ziers aus. Sara Videbeck sagte während dieses ganzen Gesprächs nichts, sie lächelte nur ab und zu über gewisse Spitzen, die sie sehr wohl verstand.

Sie nahmen ihre Plätze entsprechend der veränderten Sitzordnung ein. Nun kutschierte der Knecht und leistete bald Vortreffliches. Er wollte seinen Eifer beweisen, knallte mit der Peitsche und kutschierte, daß es losging wie mit dem Teufel selbst, wie der Dichter sagt.

Im Handumdrehen war man in Fellingsbro.

»Schau, was für große, schöne, rotbraune Häuser!« waren Saras erste Worte nach dem langen Schweigen. Sie meinte vermutlich die beiden Gebäude in Fellingsbro, die mit der Giebelseite zur Landstraße stehen, symmetrisch, zwischen ihnen der geräumige, viereckige, saubere Hof, dahinter der Garten und an der Straße ein Zaun zum Schutz vor den Bauernfuhren.

Albert antwortete nicht auf ihre Bemerkung über die Häuser. Er stieg ab, erledigte schnell das Geschäftliche und erhielt für die Strecke bis Glanshammar Pferde und wieder einen Wagen mit Sitzen. Man stieg auf; der neue Fuhrmann, ein wettergegerbter, munterer Alter, durfte seine Pferde selbst lenken, und das war kein Nachteil, denn er ließ sie auf dem guten Weg tüchtig lostraben. Nach einer Weile bog der Weg nach links ab, nach Süden, und führte durch Wald. Der Alte redete unentwegt ermunternd auf seine Pferde ein, in einer dumpf-derben Sprache, die – obwohl kein Schwedisch – von ihnen doch verstanden wurde; hier kann sie jedoch nicht wiedergegeben werden. Der Alte war froh, freie Hand zu haben, und hörte und sah nichts anderes als den Weg und seine Pferde.

Sechstes Kapitel

Was? Ihr kann schaudern? dachte Albert.
Na, Gott lob! Dann ist sie auch ...
»Wovor schaudert dir, Sara?« sagte er laut

»Wie ich diesen Wald mag, Albert!« sagte die Reisegefährtin, als sie, von Fellingsbro kommend, in den Wald Käglan hineinfuhren. Ihre Stimme war fast einschmeichelnd; sie fand es vermutlich langweilig, so lange schweigend nebeneinander zu sitzen.

Der Sergeant blickte sie an und dachte: Sie hat wohl doch Sinn für das schöne Land. Halb besänftigt, sagte er deshalb – nein, er sagte nichts, obwohl es ihn danach drängte zu reden.

Mit wärmerer Stimme und noch einschmeichelnder fuhr Sara nach ein paar Minuten fort: »Weil man hier Schatten statt Sonne hat und außerdem Schutz vor dem Staub!«

Ach – nichts weiter? dachte der Sergeant und schwieg beharrlich.

Sara Videbeck zog ihre Handschuhe aus, denn ihre Hände schwitzten. Sie legte die Handschuhe zusammen und steckte sie in den Mantel. Dann fächelte sie sich mit ihren beiden weißen, rundlichen Händen mit den niedlichen Grübchen Kühlung zu.

Nach einer Weile sagte Albert sanft, in einem seltsamen Ton, als erwachte er: »Sag mir, liebe Sara, kommt es niemals vor, daß du in der Nacht träumst?«

»Doch, doch – es kommt vor.«

»Aber das ist wohl sehr lange her? Du hast vielleicht nicht mehr geträumt, seit du ein kleines Kind warst?«

»Ich? Ich habe heute nacht in Arboga geträumt.«

»Ach! Was denn – ob ich das wohl erfahren darf?«

Sara hörte mit dem Fächeln auf und legte die Hände in den Schoß, es sah aus, als halte sie sie gefaltet.

»Über meinen Traum kann ich nicht sprechen«, sagte sie mit leiser Stimme, »aber es war ein sehr schöner Traum.«

Albert sagte schnell: »Nachdem ich eingeschlafen war, habe ich heute nacht nicht geträumt – doch vorher.«

»O ..., das glaube ich niemals! Obwohl«, unterbrach sie sich, »jeder auf seine Art träumt, und das ist wohl auch am besten so.«

Der Sergeant nahm ihre Hand. »Als du heute nacht geträumt hast, hattest du da deine Hände auch so gefaltet?«

»Ich erinnere mich nicht, wo ich meine Hände hatte. – Doch, ich erinnere mich wohl«, fügte sie leise und fast innig hinzu.

»Zumindest hast du nicht geträumt, daß du im Wald warst. Da möchte ich eine Wette eingehen, und auch nicht, daß du auf dem Lande warst ...«

»Und auch nicht, daß ich auf dem Wasser war, Albert! Nein, ich habe geträumt, daß ich in einer winzigen Kammer mit rosafarbenen Tapeten war und Kreide gerieben habe ...«

»Pah ...«

»Und daß ich ..., Albert! Ich kann wohl darüber sprechen ...«, fuhr sie im gleichen Ton fort, ohne sein Naserümpfen zu bemerken, »daß ich dabei viel von dir geträumt habe.«

»Und ich habe wohl auch Kreide gerieben?«

Sie blickte mit großen Augen voll Wärme zu ihm auf, aber sie schlug den Blick gleich wieder nieder, wie vor einer plötzlichen Nebelwand. Sie schluckte unmerklich ein aufsteigendes Weinen hinunter, faßte sich und sagte: »Das ist es eben, was ich sehr wohl begreife, Albert – weil du Offizier bist. Trotzdem hatte ich gehofft, daß du mehr Unteroffizier wärst, als du wirklich bist.«

Was sie sagte, war wie Arabisch für den Sergeanten, und der fragende Blick, den er Sara zuwarf, machte ihr deutlich, daß sie Unbegreifliches gesagt hatte. Sie zog ihre Hand aus seiner zurück.

»So kann man träumen«, sagte sie, anscheinend mehr zu sich selbst, »und wenn man aufwacht, ist alles ganz anders. Deshalb ist es am besten, wenn jeder frei für sich selbst lebt, auf seine Weise, und dem andern nichts kaputtmacht. Man kann trotzdem gut Freund sein, und das ist am besten so. Es ist am allerschönsten, wenn man sich gut versteht und seinem Nächsten keinen Verdruß bereitet.«

Albert schüttelte den Kopf. Sie erzählt aus ihrem Traum, dachte er.

Inzwischen fuhr sie fort: »Und Gott weiß wohl am besten, wie er die Menschen haben will, aber begreifen tu ich's nicht. Man sollte doch leben, wie Gott einen geschaffen hat.«

Diese großen Worte klangen in den Ohren des Sergeanten so lächerlich, daß er beinahe schallend gelacht hätte. Aber aus Achtung vor dem nachdenklichen Ausdruck im Gesicht des Mädchens hielt er an sich und versuchte, ihren Gedankengängen zu folgen.

»Du mußt mir eine Erklärung geben, Sara Videbeck«, sagte er. »Das Leben deiner Mutter mit deinem Vater war unglücklich, das habe ich aus deinen Erzählungen gestern erfahren. Aber glaub deshalb nicht, daß alles Böse von den Männern kommt ...«

»Das glaube ich überhaupt nicht«, erwiderte sie, »ich kenne ja Drechslerobermeister Stenbergs. Seine Frau ist ein so schlimmer Drachen, daß der Mann wegen ihr alle Lebenslust verliert. Und bei Sederboms ist es auch nicht besser, wo die Frau plappert und plappert und der Mann vor Kummer verrückt wird. Und dann bei Spolanders. Und Zakrissons! Es ist überall dasselbe, sobald man ihnen etwas näherkommt und in den Käfig hineinschaut. Und sie hören nicht auf, bis sie sich gegenseitig zu richtigen Bösewichtern gemacht haben. Das kann ich niemals billigen.«

»Dein Vater, Sara – ist er denn von Anfang an so garstig zu deiner Mutter gewesen?«

»Das weiß Gott. Ich war ja da noch nicht geboren und habe es nicht miterlebt. Aber meine Mutter, die Arme, hatte wohl immer ihre Eigenart, soweit ich das verstehe, obwohl sie sich Mühe gegeben hat. Anfangs war sie – das glaube ich ganz bestimmt – sehr ordentlich, aber zugleich auch verschwenderisch und schwierig. Ihre Art war nicht gerade liebenswürdig oder direkt angenehm, denke ich mir. Und da wurde Vater, der ja auch seine Eigenheiten hatte, eben allmählich so ..., und schließlich böse und völlig verdreht ..., usch!«

»Das ist zu bedrückend, liebe Sara. Laß Lidköping sein, wie es ist, wir sind noch nicht dort. Weißt du, wie dieser Wald hier heißt?«

»Ich denke doch, Gott verzeiht mir, daß ich bin, wie er mich geschaffen hat. Natürlich tue ich mein Bestes. Aber daß ich einem anderen das Leben zur Hölle mache oder daß ein anderer mir das antut – das ist nicht nötig. Wie der Wald heißt, Albert? Das ist mir gleich. Aber das weiß ich – daß Gott die Sterne und die ganzen himmlischen Heerscharen geschaffen hat. Und alles, was schön und gut ist auf der Erde, das hat Gott geschaffen. Und Christus ist gekommen, uns zu erlösen. Obwohl ich keine Frömmlerin bin, kann ich sehr wohl verstehen, daß Christus nichts dagegen hat, wenn die Menschen einander zugetan sind und das erste Gebot Gottes erfüllen. Wenn sie sich aber gegenseitig zu Teufeln oder Toren machen – das kann er selbst nicht gutheißen. Aber die Leute sind auf soviel dummes Zeug gekommen, um sich gegenseitig ins Elend zu bringen; und am allerschlimmsten ist es, wenn sie sich einbilden, es sei von Nutzen für sie. Was dich anbelangt, Albert, du bist als Mann jünger, als ich als Frau bin, auch wenn du vielleicht – dem Kalender nach – ein oder zwei Jahre älter bist als ich. Und ich weiß mehr, auch wenn du anderes kennst, Schöneres, Erfreulicheres. Trotzdem mußt du nicht glauben, daß ich trübsinnig bin. Ich bin beschwingt und frei wie ein Vogel, und du kannst sicher sein, daß ich meine Flügel immer behalten werde. Wenn du auch fliegen kannst, ist es gut, aber wenn du bloß ein Schwätzer bist, dann sag es lieber gleich.«

Lange, bedeutungsvolle Pause.

»Daß du böse werden und dich gekränkt fühlen kannst«, fuhr die Glasermeisterstochter fort, »das habe ich gemerkt – und warum auch nicht. Wenn du dich nur über wirklich wichtige Dinge aufregst. Obwohl«, sie senkte die Stimme, »es unmöglich ist, das im voraus zu bedenken oder jemand Vorschriften zu machen. Ich habe das zur Genüge beobachtet und erfahren: was bei dem einen nur den Fingernagel ritzt, geht bei dem andern bis an die Herzwurzeln, verzehrt ihn wie Gift. Gott weiß wohl am besten, wie er die Menschen haben will, aber begreifen tu ich's nicht.«

Der Sergeant kam sich plötzlich zwanzig Jahre älter vor als eben noch, und er sagte: »Sara, du sollst wissen, wie es um mich bestellt ist. Ich bin kein Handwerksmeister, und die scheinst du ja, was die häuslichen Verhältnisse angeht, auch nicht besonders zu schätzen, nach dem zu urteilen, was du über deinen Vater und die übrigen Meister in Lidköping gesagt hast. Aber Offizier bin ich auch nicht, was nach deiner Ausdrucksweise bedeutet, daß ich weder ein Tagedieb noch ein Schwätzer bin, jedenfalls nicht in großem Stil. Ich bin also Unteroffizier, schlicht und einfach. Weshalb du mir gestern so gefallen hast, weiß ich gar nicht mehr so recht, und ich fürchte, wenn ich dir davon erzählte, würde es dir allzu unglaubhaft vorkommen. Mit deiner kecken Art zu reden und deinen vielen Belehrungen bist du so richtig von der Västgötaart – wie ein Mädchen nur sein kann. Aber ich selbst bin auch wieder so sonderbar, daß ich dich deshalb nicht weniger mag. Ohne Zweifel hättest du mich fragen müssen, was ich für einer bin und wo ich geboren bin. Du hast nicht gefragt, und ich gebe zu, daß mich diese Gleichgültigkeit ein bißchen verletzt hat. Aber über solche kleinen Stiche reden wir beide schon lange nicht mehr. Ich will dir deshalb ganz ehrlich sagen: Ich habe keine großen Flügel zum Fliegen, aber ganz ohne Federn bin ich auch nicht. Mein Dienst für die Krone ist unbedeutend, doch ich besitze dadurch das Recht zum Tragen der Uniform, und mein Körper hat durch das Exerzieren Schliff bekommen. Das ist es, was ein Mann vor allem braucht, und wenn er nicht überhaupt ein dummer, unbeholfener Hund ist, kommt er damit so weit in der Welt, wie er will. Denn Kenntnisse zu erwerben, ist für den, der will, eine leichte Sache. Aber Schliff und Anstand sind schwerer zu erlernen. Ich brauche gar nicht weiter nach Beispielen zu suchen – nimm dich selbst, Sara: du hast nicht groß was gelernt, wenn ich von deiner Lehre in der Werkstatt absehe. Aber es ist kein leeres Geschwätz, wenn ich sage, daß kein Mädchen eine anmutigere Körperhaltung hat als du. Ich habe viele Mädchen gesehen und bin weit herumgekommen, du kannst also meinem Urteil vertrauen. Aber zurück zu meinen eigenen Aussichten: ich fahre jetzt in den Kreis Vadsbo und will dann noch weiter bis nach Grävsnäs, Sollebrunn und Koberg. Ich mache jedes Jahr eine Art Geschäftsreise – Einkauf und zugleich Inspektion ..., ja, ich kann das nicht näher erklären – zu gewissen Gütern und Besitzungen, die der Familie S. gehören, mit der ich entfernt – sehr entfernt, Sara – verwandt bin. Ich habe daraus gewisse prozentuale Einkünfte – außer dem Vergnügen, mich umzusehen. Ich habe niemals einem Menschen Unrecht zugefügt und werde das auch mein Leben lang nicht tun. Weiter tragen mich meine Flügel nicht. Doch es kann sein, daß ich mir in einigen Jahren, wenn ich eine Summe zusammengespart habe, ein eigenes kleines Anwesen in Timmelhed kaufe, in der Nähe von Ulricehamn, wo ich Bekannte habe. Dorthin will ich dich aber nicht locken, du verabscheust vielleicht das Landleben, wie ich meinerseits Kleinstädte nicht besonders liebe – es sei denn, als Reisender – und sie am liebsten wieder, so schnell ich kann, verlasse. Du bist heiter und liebenswürdig, wenn es angebracht ist, und das ist zumindest ein Punkt, in dem wir uns treffen; es dürfte mehrere geben, wir müssen sie nur finden. Ob du ein Seidenkopftuch trägst oder einen Hut – ich mag dich so oder so. Du hast, wie ich gesehen habe, eine gute, leserliche Handschrift. Und mir macht es Freude, im Frühling und Sommer Blumen zu pflanzen ...«

»In Töpfe?«

»Nein, was denkst du denn, draußen ins Freiland oder allenfalls ins Mistbeet, wenn es Blumen sind, die kalte Erde nicht vertragen. Aber warum nicht auch im Topf, fürs Fenster?«

»Weiße Levkojen?«

»Genau – die eignen sich gut, und im Zimmer riecht es angenehm. Aber da muß man auch ...«

»Ja, da muß man auch Fensterscheiben aus reinem, vollkommen klarem Glas haben, Albert! Denn das grünliche, grobe Glas, mit dem sich manche armen Bürger begnügen müssen, paßt so schlecht zu den schönen Blumen, daß es besser ist, man hat gar keine an seinen Fenstern. Auch Lavendel mag ich sehr, mit seiner graublauen Farbe. Er paßt besser zu Zimmern, in denen jemand in bescheidenen Verhältnissen lebt. O Albert! Du solltest meine kleine Kammer sehen – ich habe Levkojen! Ja richtig, du reist ja nur bis Mariestad mit, und ich muß dann allein an dem kahlen, sandigen Ufer zwischen Mariestad und Lidköping entlangfahren ... Ach, das ist ein so nackter, häßlicher Weg! Mir wird angst, wenn ich an die Fahrt denke, die mir dort bevorsteht.«

»Warum sollte ich bei Mariestad abbiegen? Das ist noch nicht entschieden. Und außerdem beginnt der häßliche Weg, wie du sagst, nicht gleich hinter Mariestad. Man fährt zum Beispiel am herrlichen Kinnekulle zwischen Mariestad und Lidköping vorbei.«

»Na, kann sein, daß da irgendwo so ein Hügel liegt, aber rundum ist alles flach, soviel hab ich in Erinnerung, denn ich bin einmal von Lidköping aus nach Mariestad gefahren. Und es wäre auch unwichtig, ob es dort flach ist oder nicht, aber mir schaudert bei dem Gedanken, daß ...«

Was? Ihr kann schaudern? dachte Albert. Na, Gott lob! Dann ist sie auch ... »Wovor schaudert dir, Sara?« sagte er laut.

»Ja, ich kann es wohl sagen, auch wenn es kindisch klingt. Ich finde es unangenehm, auf einem Bauernkarren zu fahren, mit einem Flegel neben sich. Deswegen bin ich auch selten selbst zu Aufträgen in die umliegenden Sprengel gefahren, sondern habe meistens den Gesellen oder einen von den zuverlässigeren Lehrlingen geschickt, obwohl ich dadurch große Verluste erlitten habe – aber man kann nicht alles auf sich nehmen.«

»Was, in Gottes Namen – du hast große Verluste erlitten?«

»Wenn ich es sage. Es gibt wohl niemand in Lidköping, dem tolpatschige Lehrjungen so viel Glas schon unterwegs zerschlagen hätten, bevor es überhaupt eingesetzt wurde. Aber solchen Verdruß kann man hinunterschlucken, der geht einem nicht bis ins Herz. – Jetzt muß ich sehen, wie es meiner armen Mutter geht, wenn ich dort bin.«

»Sie stirbt womöglich bald, und das ist wohl, wie du sagtest, das beste für sie. Dann bleibst du allein im Haus zurück. Aber um auf unsere Reise zurückzukommen: was gibst du mir, wenn ich dich nicht nur bis Mariestad begleite, sondern bis nach Lidköping?«

»Oh!« Dieser kleine Freudenruf entfuhr Sara ganz unwillkürlich, doch sie fing sich sofort, sah ihren Reisegefährten an und sagte: »Zuallererst bekommst du meinen Anteil an den Fahrtkosten ...«

Natürlich.

»Und – wenn du es mir nicht übelnimmst, gebe ich dir einen Levkojenzweig, in einem neuen Kästchen, zu dem ich selbst das Glas geschnitten habe, das Goldpapier unterlegt und die Seiten zusammengeleimt.«

»Damit bin ich noch nicht ganz zufrieden. Nun ja, wir denken uns wohl unterwegs etwas aus, wir haben ja noch viele Meilen vor uns«, sagte er.

»Aber vielleicht«, unterbrach sie ihn mit einer eigentümlichen, fast unmerklichen Betonung, »wirst du schon ernstlich böse auf mich, bevor wir nach Mariestad kommen, dann trennen wir uns – schon dort.«

Der hübsche, geschwungene dunkle Schnurrbart auf der Oberlippe des Sergeanten zuckte, wahrscheinlich wollte Albert die Lippen bewegen, den Mund öffnen und reden – vielleicht etwas näher erklären, an welchen Lohn er dachte für die Mühe, bis nach Lidköping mitzureisen. Aber Sara hatte kaum die letzten Worte ausgesprochen, als die Pferde scheuten, Gott weiß, vor welchem Zweig am Weg. Der wettergegerbte Fuhrmann, der auf seine Weise genauso eifrig mit den Gäulen im Gespräch gewesen war wie die beiden Reisenden miteinander, hatte die Zügel allzu locker gelassen, so daß er sie nicht so schnell anziehen konnte – die Traber gingen vielmehr in Galopp über und wollten durchgehen. Die Pferde in Närike sind eine vortreffliche Rasse und werden gut genährt: Feuer, Mut und Temperament zeichnen sie aus. Albert sprang auf – er riß dem Alten die Zügel aus der Hand und zog sie hart an, so daß die beiden rötlichgelben Schimmel ihre Hälse wie Flitzbögen wölbten, schnaubten und die Nüstern gegen die Brust drückten. Aus dem Durchgehen wurde also nichts, aber ab ging es, daß die Radnaben hätten Feuer schlagen können.

Dem Sergeanten flogen die Locken um den Tschako, er fühlte sich nun wieder um mindestens zwanzig Jahre jünger. Er warf einen Seitenblick hinunter: Sara wirkte bei dieser Sausefahrt überhaupt nicht ängstlich, und das freute Albert mehr, als der Erzähler zu beschreiben vermag. Der Sergeant dachte: Hier ist doch wieder ein Punkt, an dem wir uns treffen. Vielleicht finde ich irgendwann noch einen.

Aber ist es nicht wirklich unmöglich für einen Chronisten, alle Ereignisse zu verfolgen; er kann doch nicht alles berichten? Großes und Kleines? Was gesagt und was nicht gesagt wurde? Was geschah und was nicht geschah? Wie oft der Hut mit dem Kopftuch vertauscht wurde und umgekehrt? Kurzum – sie kamen nach Glanshammar, nach Örebro, nach Kumla und noch weiter.

Doch obwohl die Pferde auf dem Weg nach Glanshammar beinahe durchgegangen wären, ging die Reise indes nicht so schnell, wie man zunächst berechnet hatte. Denn vier Übernachtungen zwischen Arboga und Mariestad sind doch reichlich viel! So muß es gewesen sein, denn sie kamen erst am Dienstag in Mariestad an, hatten Stockholm jedoch, wie anfangs gesagt, am Donnerstag verlassen. Alles in allem also sechs Tage, davon einer auf dem Mälarsee und die übrigen fünf auf dem Landweg.

Die Verzögerung kam zum Teil wohl daher, daß sich Sara eines Morgens in Bodarne, wo sie übernachtet hatten, nicht ganz wohl fühlte. Sie war noch nie vorher so lange unterwegs gewesen, und ihre Augen, obwohl sie fast noch klarer als sonst waren und leuchteten, wenn sie Albert voll Innigkeit anblickten, zeigten doch Spuren großer Müdigkeit nach einer zu kurzen Nachtruhe. Das Mädchen, das halb sieben mit dem Kaffee hereinkam, war also höchst willkommen. Ein vortreffliches Getränk bei einer Gelegenheit wie jenem Morgen! Aber das zu erwähnen, ist wohl wiederum zu simpel?

Deshalb schnell nach Mariestad. Es läßt sich ja nun mal nicht ändern, daß die Reise ihre sechs Tage gedauert hatte.

Mariestad genießt mit Recht den Ruf, eine der schönstgelegenen Kleinstädte Schwedens zu sein. Wer erinnert sich nicht an die freie, weite Aussicht über den Vänersee, besonders vom Kirchenhügel aus. An die große, hoch gelegene Kirche selbst, die, schon bevor man die Stadt erreicht hat, den Blick auf sich zieht – sie liegt rechts von der schattigen Allee, durch die man fährt, wenn man von Stockholm kommt. Schließlich, in der Stadt, auf der anderen Seite des Marktplatzes: die lange Floßbrücke, die idyllisch auf den breiten, klaren Gewässern des Tidaflusses schwimmt. Und dann, auf der anderen Seite der Brücke, das reizende Marieholm, die Residenz des Provinzpräsidenten, die nicht gerade durch außerordentliche Höhe auffällt, aber mit der sie umgebenden baumreichen Vegetation desto anziehender wirkt. Die Erinnerungen an Landesväter, vortreffliche Lenker der Geschicke der Provinz, sind gleichsam verflochten mit den geschmeidigen Ahorn-, Birken- und Haselnußzweigen, in deren Blättern der Abendwind spielt.

Wer erinnert sich nicht an all das? Vorausgesetzt, man ist in Mariestad gewesen. Denn es nutzt wenig, hat man nur davon gehört – man muß mit eigenen Augen die sanfte, einladende Mündung des Tida gesehen haben.

Albert und seine Begleiterin kamen an einem himmlisch schönen Juliabend dort an. Ein wenig Umständlichkeit sei dem Erzähler schon gestattet. So mag entschuldigt sein, daß das Folgende berichtet wird.

Nachdem sie den Marktplatz erreicht hatten, fuhren sie nicht geradeaus auf die Marieholmbrücke zu, sondern bogen rechts in eine kleine Straße ein, die erst unmittelbar am Vänerufer endet. Ungefähr auf halbem Weg in der Straße lag das Haus, das müde Reisende aufnahm.

Sie stiegen ab, sorgten dafür, daß das Gepäck hineingetragen wurde, und alles ging glatt. Ein wenig später schlug

Albert vor, in der Stadt spazierenzugehen, solange der Abend noch so hell und schön war.

Sara war in der letzten Zeit, schon seit Bodarne, immer stiller geworden, nicht gerade feierlich – dieses Wort paßt nicht –, aber ernster gestimmt, und sie sprach auch nicht so oft von den Angelegenheiten der Zunft. Außer dieser Veränderung war an ihr zu bemerken, daß ihre gewohnte Schalkhaftigkeit einer gewissen Freundlichkeit gewichen war, einer Zugänglichkeit für nahezu alles, was Albert wollte. Ohne Widerspruch ließ sie sich von ihm beim Arm nehmen und folgte ihm, wohin er sie führte. Er hatte keinen Plan für seinen Spaziergang. Und es ergab sich natürlich von selbst, daß sie über den Marktplatz hinunter auf die Floßbrücke gingen, in der Mitte stehenblieben und den Tida betrachteten.

Von hier aus, mit dem Blick nach Norden, hatten sie eine unbegrenzte Aussicht über das abendklare, geflammte Tuch des Vänersees. Sie konnten nicht erkennen, wo und wie See und Firmament ineinander übergingen – alles schien eins.

»Und das hier ist der Tida?« bemerkte Sara mit einem leichten Kopfschütteln. »Genauso fließt auch der Lida durch unsere Stadt, und von seiner Brücke hat man auch eine so weite, weite, weite Aussicht nach Norden über den Väner und bis zum Himmel, wenn es Abend ist wie jetzt! Ach, Albert! Albert! Das erinnert mich an den Augenblick, als ich mit meiner Mutter auf der Brücke über den Lida stand und ... sie den Ring wegwarf ..., weit ..., weit weg ...«

Albert zuckte zusammen, nahm sie wieder beim Arm und führte sie, obgleich sie zögerte, zurück, fort von der Tidabrücke. Als sie wieder in der Stadt waren, wandten sie sich dem Viertel zu, in dem die Kirche steht. Der Friedhof, umgeben von einer langen Steinmauer und mit Bäumen in mehreren Gruppen bepflanzt, liegt so nahe am Väner, daß man meint, der See liege unter einem. Und die graue, hohe, ehrfurchtgebietende Kirche hat man neben sich.

Sara ruhte sich auf einem Grabstein ein wenig aus. Albert setzte sich neben sie.

»Du bist so still, liebste, gute Sara, bist du müde?« Sie antwortete ihm nicht auf diese Frage, aber er folgte ihrem Blick und merkte, daß sie lange und fast schwärmerisch – was er nie vorher bei ihr beobachtet hatte – zwei hübsche kleine Kinder betrachtete, die ein Stück von ihnen entfernt im Gras spielten. Sie tollten herum und schlugen sich gegenseitig mit Levkojenstengeln ins Gesicht.

Die Kinder wirkten weder arm noch reich, aber sie waren ungewöhnlich hübsch. Albert winkte sie heran, um Sara eine Freude zu machen. Die Kinder kamen herbei, sie hatten lange Locken und trugen keine Kopfbedeckung. Sara hielt mit Mühe eine glitzernde Träne zurück, sie schwieg und streichelte den Kindern Kopf und Nacken. Albert sagte: »Stell dir vor, Sara, diese hübschen Kinder hätten keine Eltern.«

»Vater und Mutter müssen sie haben, sonst gäbe es sie nicht.«

»Wenn aber ihr Vater und ihre Mutter ...«

»Gestorben sind? Ja, dann werden sie von Gott beschützt und von guten Menschen, die es immer gibt. Ich kenne jemand in Lidköping, der selber keine Kinder hatte, aber dessen größte Freude darin bestand, mehrere kleine Kinder aus eigenen Mitteln zu kleiden und ihnen zu helfen – Kinder, deren Eltern, Albert ...«

»Gestorben waren?«

»Nein, viel schlimmer. Sich prügelten und sich gegenseitig Leib und Seele zerstörten und keine Rücksicht auf die Kinder nahmen.«

»So ein Kind bist du selbst einmal gewesen, Sara?«

»Und einer barmherzigen Tante – Tante Gustava, die heimlich zu uns ins Haus kam – habe ich es zu verdanken,

daß ich ein anständiger Mensch geworden bin. Als Papa starb, wurde es zwar etwas ruhiger und besser daheim, aber Mama war da schon so zerrüttet und abgestumpft, daß sie zu nichts mehr fähig war und sich nicht mehr aufraffen konnte, obgleich da eine Möglichkeit für sie gewesen wäre, wieder ein Mensch zu werden. Dann wurde ich erwachsen und habe zu Hause die Zügel in die Hand genommen. Aber ich bin so – das Zeugnis muß ich mir selbst ausstellen –, daß ich niemand Verdruß bereiten und niemand ins Verderben bringen will, am wenigsten dich, Albert. Abscheulich ist und bleibt es immer, daß ein Mensch ein Recht haben soll, einen anderen zu Tode zu quälen. Damit macht die himmlische Liebe Gottes bestimmt keine Fortschritte auf Erden. Niemals will ich solche Macht über einen anderen besitzen und gedenke auch nicht, sie einem anderen über mich zu geben.«

Albert schwieg und strich den Kindern über den Kopf.

»Ach, du magst kleine Kinder!« rief sie aus.

Ohne ihr zu antworten, sagte er: »Wenn nun die Eltern dieser Kinder, Sara, unverhei...«

»Die Kinder sehen gut und hübsch aus. Es scheint, daß Gott und die Menschen sie lieben.«

»Aber wenn die Eltern nicht verhei..., sich nicht um sie kümmern. Wir könnten uns doch an ihrer Stelle ausgehungerte, zerlumpte, verlassene Kinder vorstellen, Sara.«

»Wenn die Eltern gute und vernünftige Menschen sind«, sagte sie sanft, »dann kümmern sie sich auch um ihre Kinder, solange sie leben. Davon bin ich überzeugt, denn keiner reißt sich selbst das Herz aus der Brust.«

»Aber wenn die Eltern schlecht und unvernünftig sind?«

»Ja, dann sind sie immer schlecht und unvernünftig, egal, ob verheiratet oder nicht. Und sie handeln danach, an ihren Kindern, an sich selbst und anderen von Gott erschaffenen armen Wesen. Das habe ich zur Genüge gesehen und erlebt, Albert.«

»Aber es ist ein Unterschied ...«

»Ja, ein großer Unterschied. Und er liegt nach meiner Erfahrung darin, daß Menschen, die von Anfang an gut und klug waren, auch so bleiben und sogar wachsen können, wenn sie ihr Leben so leben dürfen, wie Gott sie geschaffen hat, oder wenn sie behutsam von Menschen zurechtgewiesen werden, falls sie Fehler gemacht haben, was ja häufig geschieht. Aber bringen sie Tag und Nacht in schlechter Gesellschaft zu, werden Seele und Körper angesteckt. Und sind sie zu diesem Umgang, den sie eigentlich verabscheuen, gezwungen, kommt es meist so weit, daß sie verbittert und reizbar werden, gleichsam zu Teufeln.«

Albert zuckte zusammen, wie immer bei diesem Wort, sofern er es nicht selbst in einem Fluch gebrauchte. Er flüsterte etwas von Frömmelei vor sich hin.

»Denk, was du willst, Albert, aber ich bin bestimmt keine Frömmlerin, danach kannst du dich erkundigen. Ich lasse dir völlige Freiheit. Wenn ich hier auf dem Grabstein von Teufeln spreche, meine ich verdorbene, garstige Menschen, wie man sie in den Städten erleben kann, und auf dem Lande auch, glaube ich.«

»Auf diese Weise werden die Menschen geprüft, Sara.«

»Geprüft? Ich denke, niemand, der den Menschen wirklich wohlwill, prüft sie so, daß der größte Teil dabei untergeht, ja, reinweg zugrunde gerichtet wird. Und wem steht es wohl zu, Menschen einer so höllischen Prüfung auszusetzen, daß sie in der Hölle selbst enden? Das nenne ich nicht Prüfung, sondern Zerstörungswut.«

Bei diesen schlimmen Worten zuckte Albert wieder zusammen und sprang auf. »Hölle«, »Wut« und »Teufel« hatten nie zu seiner Umgangssprache gehört, außer wenn er fluchte. Und in Saras Gegenwart hatte er nicht ein einziges Mal geflucht, zumindest nicht an sie gerichtet, weder im Scherz noch im Ernst.

Um sich zu besänftigen, nahm er die Kinder, eins nach

dem andern, auf den Arm, küßte sie liebevoll und schaute etwas scheu hinunter zu Sara, die auf dem Grabstein saß. Sie blickte zu ihm und den Kindern empor, und es schien, als wollte sie die Arme nach ihnen ausstrecken. Dieses Bild bewegte ihn tief. Er war weder Maler, Musiker noch Dichter, konnte weder zeichnen noch besingen oder poetisch ausdrücken, was ihn an dem Bild der sitzenden, emporblikkenden Frau so berührte. Und auch sie war nicht poetisch veranlagt. Das Bild des vollkommen Ungekünstelten spricht für sich.

»Komm jetzt, Sara, komm! Es wird Abend, dir kann kalt werden. Ich möchte um alles in der Welt nicht, daß du dich erkältest.« Er küßte die Kinder noch ein paarmal und gab ihnen kleine Silbermünzen, sie sprangen singend davon. Albert nahm Sara Videbecks Arm.

»Ich mich erkälten? Das wird nicht geschehen, hoffe ich. Mir ist ziemlich warm, Albert, aber erhitzt oder mit glühenden Wangen siehst du mich wohl nie.«

Bevor sie den Friedhof verließen, wandte sie sich noch einmal um, blickte auf den majestätischen, hohen grauen Kirchturm hinter ihnen und machte eine kaum wahrnehmbare Bewegung, als verneigte sie sich zum Abschied oder vielleicht zum Dank für die Freude, die ihr durch die Kinder auf dem Friedhof zuteil geworden war.

Albert wurde wieder leicht ums Herz, als er auf die Straße kam. Auch Sara ging leicht, freimütig und fast beschwingt an seiner Seite. Sie plauderten über die Reise und die weiteren Vorbereitungen dazu, und ehe sie sich's versahen, waren sie beim Gasthaus angelangt, wo man ihre Sachen bereits in einer geräumigen, hübschen Kammer untergebracht hatte.

Es wurde bald so schummrig, daß die Jungfer mit Licht heraufkam, die Gardinen herunterließ und fragte, was die Herrschaften zu Abend wünschten und ob sie unten im Speisesaal oder oben allein essen wollten.

»Hol zunächst die Speisekarte, Jüngferchen, dann werden wir weitersehen.«

Das Mädchen ging.

»Möchtest du gern dort unten unter den Leuten sein?« fragte Albert.

»Nein – und schon gar nicht heute abend!« sagte sie. »Wir sind jetzt in Mariestad und haben einiges zu besprechen und auszurechnen, für den Fall, wir trennen uns hier, und du fährst nach Süden, ich aber nach Westen. Laß uns hier oben essen.«

Das Mädchen kam mit der Speisekarte zurück. Albert wählte seine Gerichte, die mit Saras Wünschen übereinstimmten, nur nahm sie Salat zum Fleisch, er dagegen sein Lieblingsgericht – Gurken.

»Und deck hier oben für uns«, sagte er.

Die Jungfer ging und kam zurück, alles wurde hergerichtet. Nachdem die kleine, angenehme und traute Mahlzeit beendet war, wurde wieder abgeräumt, und sie blieben allein.

Siebentes Kapitel

Aber das sage ich: Wenn du dann
auf Reisen gehen willst, habe ich nichts dagegen.
Und ich werde mich ganz allein zu Hause einrichten. – Vergessen?
Wenn du jetzt aufspringst, hinausläufst und noch heute nacht
nach Sollebrunn reist – würdest du mich deswegen vergessen?

Als sie allein waren, wie am Ende des vorigen Kapitels erwähnt, ging Sara zum Gepäck und fing an, die Sachen herauszusuchen, die Albert gehörten.

»Fährst du gleich heute abend oder erst morgen früh?« sagte sie leise.

»Wohin denn?«

»Ich weiß nicht, wo du hinwillst, Albert. Aber du hast doch davon gesprochen, daß du von Mariestad aus nach Süden abbiegen und zu den großen Besitzungen willst?«

»Den Kreis Vadsbo, wo ich einiges erledigen muß, haben wir zum größten Teil schon hinter uns gelassen. Ich werde das bei der Rückfahrt nachholen. Nun muß ich zwar nach Odensåker, Skövde, ja, bis hinunter nach Marka und Grolanda, so daß es wohl der kürzeste Weg wäre, hier in der Nähe bei Lexberg in Richtung Kekestad abzubiegen und nicht den westlichen Weg durch Björsäter und dann nach Lidköping zu nehmen. Aber ich habe auch bei Grävsnäs in der Gegend von Sollebrunn zu tun, und der Weg dorthin geht, recht bequem, genau durch Lidköping. Warum sollte ich da nicht gleich diese Route wählen?«

»Was fragst du? Du hast doch die Freiheit, zu wählen, welche du willst.«

»Ja, Sara, im Hinblick auf meine Geschäfte habe ich allerdings Freiheit dazu …«

»Gibt es denn etwas, das dich hindert? Was willst du selbst?«

»Das fragst du mich, Sara? Dabei weißt du doch ebensogut wie ich, daß ich dich nach Lidköping begleiten will. Soll ich denn dein kleines Haus nicht sehen? Deine kleinen Zimmer im ersten Stock, die, par exemple, an Reisende vermietet werden können? Und dieses größere Zimmer im Erdgeschoß, wo du einmal einen Laden aufmachen willst, und das vielleicht bald, falls deine Mutter ...«

»Das willst du wirklich alles sehen?«

»Liebste, beste Sara – du lächelst? Es ist mein voller Ernst. Ich muß hier in Västergötland viel reisen, hin und her, im Sommer und vielleicht das ganze Jahr über, falls mein Plan glückt, zum Västgötadals Regiment versetzt zu werden, und das hängt von Dorchimont ab. Irgendwo muß ich während all dieser Reisen ein Zuhause haben ..., wegen meiner Sachen ... Könnte ich da nicht die Zimmerchen im ersten Stock bei dir mieten?«

»In Lidköping? Aber du hast die Zimmer ja noch gar nicht gesehen. Niemals kaufen, niemals mieten, was man nicht gesehen hat!«

Diese goldene Regel war Dutzendware und die erste dieser Art, die der Sergeant aus Saras Mund hörte. Aber die Worte paßten so gut und hatten einen liebreizenden, fast zärtlichen Klang. Sie standen beide an einem der Fenster des Zimmers, hatten die Gardine wieder hochgerollt und das Licht gelöscht, um für ein Weilchen den zauberhaften Anblick des Abendhimmels zu genießen, bevor sie sich schlafen legten.

»In deinen Stübchen in Lidköping, Sara, sind sicher rosafarbene Tapeten? Ganz gewiß – und da drin hast du früher auch gelegentlich Kreide gerieben?« Er hielt sie in seinen Armen, sie schaute fragend zu ihm auf, um herauszufinden, ob er sich über ihren Traum, von dem sie erzählt hatte, lustig machte – jenen Traum in Arbogá. Aber sie entdeckte jetzt keinen Zug von Ironie, von Spott um seinen Mund.

»Früher?« sagte sie schnell. »Das kann noch oft vorkommen. Ich habe nicht die Absicht, meinen Beruf aufzugeben.«

»Aber wenn ich die Zimmer miete?«

»Dann kümmere ich mich um meine Dinge unten bei mir im Erdgeschoß.«

»Willst du dich denn nie um etwas oben bei mir kümmern?«

»Wenn du dort wohnen willst, Albert, wirst du wohl auch viel selbst besorgen und deine Dinge in Ordnung halten müssen, so wie es deinem Bedürfnis entspricht. Eine gute Speisewirtschaft gibt es in der Nachbarschaft, und jemand, der für wenig Geld saubermacht, ist leicht zu bekommen. Auch zum Waschen und Bügeln finden sich anständige Leute, die sich damit ein Scherflein dazuverdienen, Albert. Sie würden mehr verdienen, wenn die Innungen nicht wären. Aber ich würde dich auch gern zu einem einfachen, kleinen Frühstück zu mir einladen, wenn es sich ergibt; und vielleicht bittest du mich auch gelegentlich zu dir hinauf? Aber nie, niemals will ich etwas von dem nehmen, was dein ist, oder mich in deine Hauswirtschaft einmischen – nur antworten, falls du mich um Rat fragst. Den Rat kannst du dann befolgen oder nicht, ganz wie du willst ... Und am allerwenigsten werde ich dich in deiner Arbeit behindern. Ich verstehe nichts von deinen Aufgaben; das ist wohl eine Menge Schreiberei und Rechnerei, weil du zu tun hast mit Inspek ..., na ja, wie auch immer, mit Hörstadius und Selander und Silfver ..., vielleicht auf Koberg. Aber niemals werde ich dich dabei stören.«

»Dafür danke ich dir, Sara, das ist unerhört gut. Aber gibt es gar nichts, was zwei Menschen gemeinsam haben können, die ...«

»Da gibt es noch ziemlich viel, ja, sehr viel, was wir außer diesen Dingen gemeinsam haben, Albert. Darf ich dir ganz offen sagen, was ich meine? Ich habe darüber nachgedacht ..., während dieser Tage ...«

»Glaub mir, auch ich habe sehr, sehr viel darüber nachgedacht; es muß das allerwichtigste für uns sein.«

»Trotzdem müssen wir aufpassen, daß wir es nicht durch allzu großen Eifer kaputtmachen. Die Hälfte ist schon gewonnen, wenn wir klug sind und die Dinge nicht unnötig schwernehmen, weißt du – einfach und natürlich, Albert. Und das kann man auch, wenn man sich richtig mag.«

Der Sergeant verstand sie nicht ganz, aber er streichelte die schönen Haare über ihrer Stirn.

»Fahr fort, Sara! Du sollst zuerst sprechen.«

Sie hob den Kopf, der an seiner Brust geruht hatte, überlegte eine Weile und sagte dann: »Da es so ist, daß du mich magst und ich dich mag, haben wir ja das gemeinsam. Das ist viel, Albert. Und das ist mehr, als viele andere haben. Aber wenn wir uns vornehmen, auch eine Menge anderes unnötigerweise gemeinsam zu haben, werde ich dir sagen, was daraus folgt. Wenn du mein kleines Haus, mein Gewerbe, meine Einrichtung und mein Einkommen – unbedeutend, aber immerhin mein eigen – nehmen würdest, ja, ich will dir nicht verhehlen, daß ich dann ungemütlich werden könnte. Denn vielleicht kannst du gar nicht damit umgehen? Ich nehme an, du weißt es selbst noch nicht, weil du noch nicht versucht hast, dir Heim und Beruf zu schaffen – zumindest ist mir nichts davon bekannt. Und es ist sehr gut möglich, daß meine Bedenken unberechtigt sind und du alles recht gut besorgen würdest. Aber diese Unruhe, Albert ..., ja, ich sage dir: Sobald du so was bei mir merktest, würde es dich rasend machen. Da würde ich mich zurückziehen und mich mit meinen geheimen Gedanken herumschlagen. Bald würde ich fürchten, dir unrecht getan zu haben, bald würde ich meinen, ich hätte doch recht gehabt, zumindest mit diesem und jenem. Mit diesem Widerstreit und diesen Qualen im Kopf und in der Seele würde die Zeit vertan, die nützlicher verwendet werden könnte. Aber die Zeitvergeudung wäre trotzdem noch das wenigste. Denn ich würde reizbar werden, Albert. Du fändest mich überempfindlich – erst hin und wieder, dann immer öfter. Das würde dich selbst reizbar machen. Oder wenn wir beide das Unbehagen unterdrückten, uns zurückzögen und alles, wie man so sagt, hinunterschluckten, da würde die Abneigung statt dessen nach innen, ins Mark kriechen, an unserer Gesundheit zehren, und Seele und Körper würden leiden. Da müßten wir wohl anfangen, Lunds Brunnen zu trinken oder Geld für Schlamm vergeuden, wie man es wohl in Porla oder Loka macht. Aber das sind Mittel, die wenig nutzen, wenn es einem schlecht geht. Und noch eine andere Sache, Albert, die du bedenken solltest. Von all dem Kummer würde meine Haut bald welken, die Augen würden trüb werden, und ich wäre bald häßlicher, als ich bin. Du hättest nie das Herz, mir das zu sagen, aber du würdest es oft denken. Ich wäre sicher so klug, es selber zu merken, und würde trübsinnig im stillen Kämmerlein darüber grübeln, was du von mir hältst. Und was du mir niemals sagtest, würde ich doch selber merken und erraten. Das würde meinen Schlaf stören und mich von Tag zu Tag immer runzliger machen. Albert – ja, wenn es so mit einem anfängt, hat das Häßlichwerden keine Grenzen, das habe ich bei den Leuten gesehen. Und wie wäre es mit dir? Du würdest – wenn du der beste Mann auf der Welt wärst – versuchen, mich mit sanften Worten zu trösten. Aber wie gut du es auch meintest – es würde hohl in meinen Ohren klingen, weil ich merkte, daß du lügst, um mich zu beruhigen. Das würde die Sache schlimmer machen, nicht besser. Und du würdest es satt bekommen, weil du auch ein Mensch bist, Albert, du wie ich. Du würdest meiner wohl weniger des häßlicheren Aussehens wegen überdrüssig werden als aufgrund meiner inneren Reizbarkeit, meiner Trübsinnigkeit und der ganzen Widerborstigkeit der Seele. Vielleicht würde ich auch durch den Kummer schließlich unvernünftig und heimtückisch und dir

nur noch unerträglicher werden. Und alle Versprechungen und Schwüre wären letztlich nur leere Worte, weil kein Mensch hält, was ein Mensch nicht halten kann. Ich spreche von der Liebe zu einem Menschen aus innerstem Herzen, der einzigen wirklichen Kostbarkeit, die aber unweigerlich verschwindet, wenn man diesen Menschen mit seiner Gemütsverfassung nicht mehr ertragen kann. Ich habe jetzt beschrieben, wie ich dir zuwider werden könnte, aber es könnte ebensogut eintreffen, daß auch ich dich vielleicht unleidlich fände. Was für ein Trost ist da das Wort, das man sich gegeben hat? Man sitzt unglücklich für sich allein da und trägt einen Namen. Das ist wie ein Titel ohne Amt. Das ist wie ein Schild, das eine Ware anpreist, die es in dem Laden nicht gibt. Was macht man da? Ja, man geht verärgert hinaus und spuckt auf das Schild. Ist das vielleicht ergötzlich? Ich habe das oft bei anderen mit ansehen müssen und habe mich gegrämt, und ich mag es nicht leiden. Ich möchte nicht, daß es dir oder mir einmal so geht. Wenn du mich von ganzem Herzen liebst, bin ich froh und habe das, worauf es ankommt. Für alles übrige werde ich selbst sorgen, werde heiter und zufrieden und fleißig sein, nachts gut schlafen und am Tage hübsch aussehen – das weiß ich, und du wirst es merken. Liebst du mich aber nicht – was hilft da alles andere, und was soll ich dann damit? Wichtig für uns ist nur eins: daß die Liebe ausreicht. Vielleicht kann sie trotzdem eines Tages zu Ende gehen, aber man sollte wenigstens das vermeiden, was bestimmt zu Verdruß führt oder Kummer bereitet und die Liebe schlägt statt trägt.«

»Aber Sara, wenn wir gute und vernünftige Menschen sind – und das sind wir beide, meine ich –, dann müßten wir wohl gleich von Anfang an … und auch weiterhin … Ich finde, wir sollten uns nicht zu den unglücklichen Beispielen zählen, die du angeführt hast.«

»Wenn wir gute und vernünftige Menschen sind, was

wir, hoffe ich, mit Gottes Hilfe sein können – dann, Albert, braucht es ja nicht mehr. Wir müssen doch nichts weiter tun, als das, was Güte und Vernunft gebieten, uns gegenseitig und allen anderen nach besten Kräften zu erweisen. Wer kann uns daran hindern? Bedenke doch: wenn wir jetzt gut und vernünftig sind, ist es da nicht das allerwichtigste, daß wir auch so bleiben und uns weiter lieben? Das muß die Hauptsache sein. Da muß wirklich alles vermieden werden, was uns verdirbt, uns böse macht, töricht und dumm. Es steht immer bei Gott, was aus einem Menschen wird, und viele können fallen. Aber zumindest sollten wir einander nichts antun, was eines Tages vielleicht das Herz verbittern und das Gehirn vernebeln könnte. Andere mögen das Prüfung nennen, aber ich nenne das böse und unklug handeln, und die Leute sollten kein Recht haben, so miteinander umzugehen. Wenn Gott selbst einem ein Leid auferlegt, dem man nicht entfliehen kann, dann ist das eine Prüfung, der man sich geduldig unterziehen muß. Aber Menschen können bösartige Handlungen unterlassen, die vermeidbar sind und vermieden werden sollten. Man kann sie nicht Prüfungen nennen, zumal sie oft in die Hölle führen, und dorthin würde wohl keine freundliche Obrigkeit ihre Untertanen stoßen wollen. Aber wenn du nicht denkst wie ich, Albert, dann steht es dir völlig frei, und …«

»Auf jeden Fall«, unterbrach sie der Sergeant, »hast du damit unrecht, Sara, daß es Verworfenheit und Unglück in jedem Haus gibt.«

»In jedem Haus?« fragte sie. »Nein, ich habe ein oder ein paar Häuser gesehen, wo sie gut zusammenleben, recht gut. Aber das kommt bestimmt nicht daher, daß sie durch einen Spruch vereinigt wurden – was auch anderswo nicht geholfen hat, sondern daher, daß Herz und Seele übereinstimmen, zumindest so viel, wie nötig ist, und diese Übereinstimmung hilft immer.«

»Spruch? Was meinst du damit?«

»Die Trauformel natürlich. Derlei fromme Sprüche, lieber Albert, nützen nichts. Man muß einmal dahin kommen, in dieser wie in allen anderen Fragen, das zu suchen, was wirklich brauchbar ist, und nicht auf Untaugliches bauen. Daraus entsteht nicht nur Unglück, sondern, was schlimmer ist, regelrechtes Laster. Denn sobald man sich nicht liebt, wird es ein richtig häßliches Laster, wenn man ...«

»Fromme Sprüche? Aber mir gefällt ein inniges Gebet sehr, wie es, par exemple, der Brauch ist, wenn zwei ...«

Sara blickte mit einem wunderbaren Ausdruck empor.

»Gott ist mein Zeuge«, sagte sie kaum hörbar, aber mit ganz klarer Stimme. »Gott weiß, daß ich Gebete liebe und daß ich bete, Albert, und es weiter tun werde. Aber Gebete taugen nicht zu allem, sie können zu Beschwörung und leerem Geplapper werden, wenn nicht zu Schlimmerem, nämlich zu Lästerung. Gebete? O mein großer Gott! Das schönste Gebet verwandelt nicht Weiß in Schwarz oder Schwarz in Weiß. Wenn zwei Menschen sich schon von Anbeginn ein Gefühl vorlügen, das gar nicht da ist, dann macht auch Beten die Lüge nicht zur Wahrheit. Oder wenn sie vielleicht nicht einmal lügen, sondern sich etwas geloben, das zu halten gar nicht in ihrer Macht steht, und da wenden auch Beschwörungsformeln den Lauf der Dinge nicht ab. Und wenn sie, was am häufigsten eintritt, die unhaltbaren Versprechungen nicht halten, aber den Schein wahren und Leid und Lüge nur immer zunehmen – was vermag da wohl das arme Gebet auszurichten? Es verhindert gar nichts. Und wenn diese Menschen dann weiter so miteinander umgehen, werden Leib und Seele immer grobschlächtiger – ja, man muß zugeben, richtig liederlich –, bis sie schließlich so weit sind, daß sie überhaupt keinen Sinn für das Schöne und Reine in der Welt und kein Verständnis für den Menschen mehr haben, soviel man sie auch beschworen hat. Das sieht man doch ständig, und das nenne ich unsittlich, Albert! Es ist doch nichts wert, gut, edel und glücklich genannt zu werden, wenn man es nicht ist. Und es ist niemals richtig, eine Sache mit etwas anderem gewinnen zu wollen, als womit man den Menschen gewinnt, finde ich. Wenn mir Öl zum Kitt fehlt, stelle ich mich nicht hin und beschwöre die Kreide, sondern ich beschaffe mir Öl, das ich in die Kreide mische, und das hilft. Ich halte nichts vom Beschwören, Albert, so wie manche in Lidköping, die Salz in den Ofen werfen, wenn sie Zahnschmerzen haben, und Blei gießen oder Stricknadeln in Holz stecken, wenn Leute krank sind ... Und manchmal sagen sie, daß sie gesund geworden sind, was wohl vorkommen kann, aber nicht durch die Stricknadeln, denke ich. Gewiß, Albert, trifft man unter diesen auch Eheleute, die durchaus sittlich sind und anständig leben, aber das kommt bestimmt nicht vom Beschwören.«

»Nun ja, aber es schadet zumindest nichts.«

»O doch. Denn wenn man einmal auf diese Weise zwei Menschen zusammengebracht hat, die einander nur Unglück und Elend bringen, dann behauptet man, sie müßten trotzdem zusammenbleiben, auch wenn sie sich gegenseitig zerbrechen – nur wegen der einmal ausgesprochenen leeren Formel. Das ist sehr zum Schaden, meine ich. Deshalb ist es sehr schlimm, Gebete zu gebrauchen, die nicht helfen, in den meisten Fällen aber schrecklichen Schaden anrichten können. Ach mein Gott – Beten ist etwas so Heiliges und Schönes, wenn es im rechten Zusammenhang geschieht! Das weiß ich nur zu gut.«

»Liebstes Mädchen, wann hast du zuletzt gebetet?«

»In Arboga – Albert.« Sie flüsterte das sehr leise, und vor dem Namen Albert klang es fast wie »mein«. Der Augenblick war zu phantastisch, als daß man ihn hätte festhalten können, obgleich er so tief bewegte, daß man ihn niemals vergessen würde. Sie schwieg. Dann fügte sie laut hinzu: »Ich sage es noch einmal, Albert: Wenn du nicht denkst wie ich, so hast du deine völlige Freiheit. Sag es ganz offen, denn in diesem Fall wäre es mir am liebsten, wenn du heute abend oder morgen abfahren und nicht mit nach Lidköping kommen würdest. Obwohl Gott weiß, wie gern ich dich auf dem garstigen sandigen Weg bei mir hätte.«

»Bloß auf dem Weg?«

Ihre Blicke trafen sich voll Innigkeit, aber sie vertieften sich nicht lange ineinander, sondern schauten durch das Fenster zum Himmel hinauf; und er erschien ihnen nicht dunkler, obwohl sie eine ganze Weile in der Dämmerung zugebracht hatten. Albert setzte sich auf einen Stuhl am Fenster, nahm Sara auf den Schoß und dachte nun an den dämmrigen Abend in Arboga – weit von Bodarne entfernt –, als er auch an einem Fenster gesessen und sich vergeblich bemüht hatte, seinen Namen in die Scheibe zu ritzen. Wieviel hatte sich doch seitdem verändert! Was für eine Zeit war angebrochen! Wie anders sah er Sara jetzt! All das Resolute, Kecke, Schalkhafte, das sie vorher nicht selten an sich gehabt hatte, war verschwunden. Sie wirkte nun vor allem fraulich, genauso vernünftig wie bisher, aber die Vernunft war mit der innigsten Hingabe, dem reinsten Liebreiz verbunden. Das wunderbarste war, daß jene vollkommene Freiheit, die sie ihm trotz allem gewährte – von ihr wegzureisen, wenn und wann er wollte, ohne gleich an Verlassen zu denken –, sie in seinen Augen tausendfach liebenswürdig, umgänglich und angenehm machte. Und Liebenswürdigkeit ist das einzige ..., das einzige, das echte Liebe zeugt. Sie kann vielleicht dennoch ausbleiben, aber wenn etwas zu wirken vermag, dann ist es einzig und allein Liebenswürdigkeit, dachte er.

»Was betrachtest du dort oben am Himmelsgewölbe, Sara?«

»Ich überlege, ob es weit bis dorthin sein mag.«

Er drückte sie an seine Brust und erwiderte: »Wir sind auf dem Weg.«

»Erst auf dem Weg?«

»Nein, angekommen, wenn …«

»Albert!«

»Sag mir aufrichtig, Sara – du hast eben davon gesprochen, wie Menschen durch inneres Leid und seelische Qualen häßlich werden können, und du hast sicher recht damit. Wir sollten uns vor so etwas hüten. Aber sag mir, Sara – kannst du jemals häßlich werden? Das erscheint mir unmöglich …«

»Was die Seele angeht, Albert, brauchen wir, du und ich, niemals häßlich zu werden; und das ist vollkommen genug, finde ich. Aber der Körper – du weißt sehr wohl, daß man im Alter …, auch wenn kein Kummer an einem zehrt.«

»Was bedeuten gealterte Züge, wenn sich ein guter und wahrhaftiger Geist in den Augen und überhaupt im ganzen Wesen des Menschen rein widerspiegelt. Dieser Himmel ist es, der mich anzieht und entzückt.«

»So empfinde ich es auch. Gottlob, du bist kein Narr, Albert.«

»Und auch der Körper verfällt spät, erst sehr spät, sofern ein guter, lebhafter und rühriger Geist darin wohnt. Das glaube ich, Sara.«

»Das habe ich bei Tante Gustava gesehen«, sagte sie.

»Laß es uns also so machen, Sara, daß jeder für sich selbst sorgt. Ich werde dich nicht über meine Angelegenheiten verfügen lassen, und du wirst mich nicht in deine einbeziehen. Nur unsere Liebe werden wir gemeinsam haben. Aber wie, wenn einer von uns in die Lage käme, daß das Eigene nicht mehr zu Leben und Unterhalt ausreicht?«

»Würde uns da nicht die Liebe beistehen?« fragte sie und sprang auf. »Wenn du in Not gerietst, Albert, würde ich dir von meiner Habe schenken, solange ich etwas be-

sitze, und ich hielte dich nicht für einen leichtfertigen Verschwender. Und würde ich sehr arm werden, dann könnte es doch auch sein, daß du – daß du mir etwas schenkst?«

»Gott, was fragst du, Sara! Aber wenn wir beide so denken, haben wir da nicht schon unseren Besitz gemeinsam?«

»Nein, das ist ein himmelweiter Unterschied. Wenn ich dir ein Geschenk mache, Geld oder anderes, dann verfügst du darüber und gehst damit um, wie du willst. Daraus kann keine Mißstimmung entstehen, es gehört dir genau wie das, was du vorher hattest. Und wenn du mich um Rat fragst, wie du damit umgehen sollst, dann werde ich dir antworten, und du behandelst auch den Rat, wie es dir am besten erscheint. Auf diese Weise bist du, trotz des Geschenks, genauso frei, unbeschwert und unverdorben wie vorher. Und wenn du mir etwas verehren willst, mußt du es mir unter den gleichen Bedingungen geben: als reines, liebenswürdiges Geschenk zu Freude und Nutzen, ein Geschenk, das ich anwenden kann, wie es mir behagt und wie ich es brauche. Solche Gaben und Gegengaben sind eine Hilfe für den Menschen und nicht Mittel zur täglichen gegenseitigen Erniedrigung, wie das so oft geschieht.«

»Können denn Menschen niemals gemeinsam haushalten?«

»Sie können es ja versuchen. Geht der gemeinsame Haushalt gut, kann man ihn beibehalten, genau so, wie man vieles beibehält, das gut geht. Geht es schlecht, dann tut man klug daran, damit aufzuhören, genau wie mit anderem, das schlecht geht. Aber die Liebe zwischen zwei Menschen, diese vor allem sollte man vor so etwas schützen und bewahren, sie sollte niemals unter einem Zusammenleben oder einem gemeinsamen Haushalt leiden oder davon abhängig sein, ganz gleich, wie es geht. Ich finde, es ist am besten, wenn man niemals zusammenzieht, das muß ich sagen, weil Leute, die sich lieben, einander viel schneller reizen, verärgern und schließlich kaputtmachen als andere,

die nicht aufeinander bauen und deshalb vieles kaltherzig betrachten. Aber wenn man unbedingt den untauglichen Versuch machen und zwei Köpfe irdische Dinge regieren lassen will, Dinge, die man besser nicht vermischt, sondern jede Person selbst, nach ihrem eigenen Kopf handhaben sollte – ja, dann müßte man wenigstens so klug sein und damit aufhören, bevor die Liebe zerbricht. Und das kann leicht geschehen, denn kein Glas ist schöner als die Zuneigung des Herzens, aber kein Email empfindlicher. Das weiß ich.«

»Dann wäre es ja das allerbeste, wenn wir es nicht nur unterließen, zusammen zu wohnen, sondern wenn wir uns auch nicht allzuoft sehen würden?«

»Du hast doch vor, viele Reisen zu machen, Albert!« sagte sie mit einem Blick, der alles andere als traurig war.

»Das muß ich. Es läßt sich nicht vermeiden.«

»Mit welcher Freude werde ich an dich denken, während du fort bist. Und vor meinem inneren Auge wirst du dann so schön sein, daß es dir schwerfallen würde, auch zu Hause so zu sein. Aber du wirst wiederkommen! Und jedesmal doppelt willkommen sein.«

»Aber, Herrgott ...«

»Auf diese Weise wird die Liebe halten. Du brauchst mich nicht in allen dummen, trübsinnigen, häßlichen Stunden zu sehen, in denen man sich besser nicht sieht. Und wenn auch du solche Stunden hast, weil du ein Mensch bist, Albert, dann brauche ich dich nicht so zu sehen.«

»Aber guter Gott, Sara, ich begreife nicht ..., wohin führt das? Es kann so weit kommen, daß man einander vergißt.«

»Diejenigen, die sich unerträglich sind und sich fortwährend aneinander reiben, vergessen am schnellsten, Albert. Oder wenn sie aneinander denken, dann mit einem Gefühl der Pein, wie man sich an ein Nagelgeschwür erinnert.«

»Brrr.«

»Ihre Körper sind sich nahe, aber ihre Seelen sind weit voneinander entfernt. So, wie es in der Bibel heißt: Sie ehren mich mit den Lippen, aber ihr Herz ist ferne von mir.«

»Du bist doch eine Frömmlerin.«

»Jedenfalls sagt es mir mehr zu, wenn sich die Seelen nahe sind und die Körper fern, wenn es denn sein muß.«

»Aber können sich nicht beide nahe sein?«

»Bisweilen, Albert. Jetzt ist es zwischen uns beiden so. Und ich möchte auch, daß du mit nach Lidköping kommst. Aber das sage ich: Wenn du dann auf Reisen gehen willst, habe ich nichts dagegen. Und ich werde mich ganz allein zu Hause einrichten. – Vergessen? Wenn du jetzt aufspringst, hinausläufst und noch heute nacht nach Sollebrunn reist – würdest du mich deswegen vergessen?«

»Sara, du würdest ständig vor mir stehen!«

»Und ich sähe dich durch alle meine Fenster. Versuch's! Fahr – spaßeshalber!«

»Laß mich ein wenig verweilen.«

»Vergessen? Wenn Gleichgültigkeit zwischen die Menschen tritt, da schleicht sich Vergeßlichkeit mit ein. Aber Reisen und Entfernungen – was bedeutet das? Die Landstraßen sind es nicht, die Seelen trennen. Nun ja, ich will nicht, daß du das halbe Jahr über weg bist, das gebe ich zu.«

»Wie sanft du atmest.«

»Vergessen?« wiederholte sie nach kurzem Schweigen. »Vielleicht – wenn die Liebe einmal aufhört, kann auch das Vergessen kommen. Aber sicher ist zumindest, ich weiß es, daß die guten Erinnerungen des Herzens nicht durch das erhalten werden, was die Liebe zerstört. Deshalb ...«

»Gut, ich werde dich nicht allzuoft treffen, nicht allzuoft bei dir hereinschauen, Sara. Aber wenn ich deine Stübchen mieten darf und mich dort mit meiner eigenen Arbeit beschäftigen kann, dann wird nichts in der Welt, auch du nicht, mich daran hindern können, mir dein Bild auszumalen; nicht mit dem Pinsel, das kann ich nicht – ach, wenn ich es doch könnte! Und wenn du krank werden würdest, dann ginge ich hinunter, um an deinem Bett zu sitzen.«

»Das kommt auf die Krankheit an, bester Albert. Ich habe dann am liebsten Maja um mich, sie versteht mehr davon.«

»Aber, mein Gott, wenn ... Ich denke bloß ..., wenn, par exemple, ich selber krank werden sollte?«

»Das ist eine ganz andere Sache. Dann komme ich hinauf zu dir und sitze, wenn es nötig ist, Tag und Nacht an deinem Bett. Ich mache den Laden zu und schreibe draußen dran: Verreist. Weißt du, es ist etwas anderes, wenn ein Mann krank ist – wenn ihm wirklich etwas fehlt und er nicht nur wehleidig ist. Da ist es nicht unbehaglich, langweilig oder abstoßend, in seiner Nähe zu sein, das kann ich auch. Aber ein bettlägriges krankes Frauenzimmer, mit Schwindsucht oder dergleichen, ist am allerbesten für sich allein, Albert. Obwohl, wenn etwas mit mir sein sollte, ich nichts dagegen hätte, daß du in der Stadt bleibst ..., im Haus ..., im Obergeschoß. Wenn ...«

»Gott! Woran denkst du, Sara?«

»Wenn ich auf den Tod liegen sollte, dann wollte ich, Albert, daß du in mein Zimmer kämst, daß du zu mir kämst – kurz bevor ich sterbe und ... Denn diese Hand will ich küssen als allerletzten Abschied von der Erde.«

Achtes Kapitel

Schau dich um und mach ein heiteres Gesicht!
Ich möchte die heimliche Freude haben,
daß jedes zweite Mädchen stehenbleibt,
wenn du auf der Straße vorbeifährst, und denkt:
Oha, was für ein hübscher Offizier!

Die Geschichte und die Geographie, die sich immer die Hand reichen, müssen auch hier einander helfen. Da sich erstere vorhin schnell zurückgezogen hat und sich im Hintergrund hält, beginnt sogleich die zweite zu sprechen und sagt: Der Weg zwischen Mariestad und Lidköping reicht eben von Mariestad nach Lidköping. Auf diesem Weg fuhren die beiden Reisenden am nächsten Morgen, gleich nachdem sie ihr Frühstück – Zwieback und Kaffee aus schönen echten Tassen – verzehrt hatten.

Die Geographie Västergötlands mag über das südliche Vänerufer sagen, was sie will – wenn man vom Weg absieht, der sich hier entlangzieht, ist auch diese Gegend durchaus nicht unerfreulich für das Auge. Als die beiden Reisenden bis Bresäter gekommen waren, sagte Albert: »Nun ist die Frage, ob wir bei Forshem den herrlichen Weg über Kinnekulle nehmen, der durch den nördlichen Teil von Österplana, dann durch Medelplana und Källby führt, wobei wir an Hönsäter, Hällekis und Råbäck vorbeikommen ...«

»Råbäck? Von Råbäck habe ich schon gehört!« fiel ihm Sara ins Wort. »Ich bin noch nicht dort gewesen, aber warum sollte ich jetzt hin, wo sie nicht mehr dort wohnt?«

»Wer – sie?«

»Dort hat ein Engel in Menschengestalt gewohnt, aber er ist nun an den Vättersee gezogen.«

»Ach ja, Frau ..., ich erinnere mich nicht an den Namen.«

»Ich kenne sie auch nicht persönlich«, fuhr Sara fort, »aber wenn sie noch in Råbäck wohnte, wäre ich gern dorthin gefahren. Sie hat Tante Gustava in Lidköping vortreffliche Bücher geliehen, und die haben wir zusammen gelesen, wenn wir etwas freie Zeit hatten.«

»Die möchte ich auch lesen!« rief der Sergeant.

»Das kannst du, aber ...«

»Ja, der andere Weg, den wir wählen könnten«, fuhr er fort, »führt hingegen hinunter nach Enebacken, östlich und südlich um den Kullen, durch Skälvum, an Husby vorbei und so weiter. Welchen Weg wollen wir nehmen?«

»Wie soll ich das entscheiden können? Davon verstehe ich nichts.«

»Aber du mußt wissen, Sara, daß Hällekis zu den schönsten Stellen in Västergötland gehört. Es würde sich sehr wohl lohnen, diesen Weg zu fahren.«

»Wenn du willst. Und wenn dort große Häuser und Gebäude sind, dann wäre es schon angebracht, sich dort bekannt zu machen; es könnte sich einmal lohnen.«

Etwas verstimmt holte der Sergeant die poetischen Segel seiner Schilderung ein. Er hatte nun ein paar Tage nichts von den beruflichen Angelegenheiten gehört, aber nun merkte er, daß das Thema im Anzug war. Und wie hätte er ihr deshalb böse sein können? Trotzdem wollte er nicht, daß so herrliche Plätze wie Hönsäter, Hällekis und Råbäck nur als Ziel simpler Glasermeisterswünsche dienen sollten. Er beschloß deshalb, den prosaischen Weg über Enebakken zu nehmen und den Kullen rechts liegen zu lassen.

Sie ist doch in gehobenerer Stimmung gewesen, dachte der Sergeant, ja, ein paar Tage! Und ihre Gesprächsthemen, obwohl sie sich immer gleichermaßen klug geäußert hat, erinnerten doch nicht ständig an einen Gesellen in Frauenkleidern. Armes, gutes, unschuldiges Mädchen. Gute, Liebste! Wie ungerecht beurteile ich dich! Ist es nicht vielmehr gut, daß du so vernünftig bist? Du wirst dich ehrlich und nach besten Kräften versorgen können, dich und die Dei…

Er hielt die Pferde zurück, als habe er plötzlich einen Schreck bekommen und fürchtete, sie würden durchgehen, aber er faßte sich und fuhr in Gedanken fort: Alles, was ich sparen und entbehren kann, werde ich ihnen geben, als echtes, reines Geschenk, genau, wie sie es haben will, ohne daß ich mich einmische, es sei denn, mit gutem Rat – wie sie dann damit umgeht, ist ihre Sache. Aber, du lieber Gott, die Meinen werde ich sie nennen. Das muß, das will ich ganz bestimmt!

»Das wirst du, und es wird meine größte Freude sein, dich das sagen zu hören.« Bei diesen leisen Worten Saras fuhr Albert erschrocken zusammen. Hatte er sich in seiner Schwärmerei so weit vergessen, daß er laut gesprochen und seine innersten Gedanken verraten hatte?

»Erschrick nicht, Albert, dein Flüstern, dein allergeheimstes Flüstern zu dir selbst höre ich, denn ich habe ein feines Gehör.«

»Großer Gott! Wer bist du denn? Kannst du mehr als andere?«

»Du kutschierst so gut und elegant, Albert. Ich liebe dich.«

»Du liebst mich, aber du antwortest mir nicht?«

»Worauf soll ich antworten?«

»Wie konntest du eben hören, was nur meine Seele bebend dachte?«

»Ich liebe deine Seele, deshalb höre ich, was sie denkt.«

»Was?«

»Das heißt, ich verstehe dich. Ich begreife deine Gedanken, sogar das, worüber du eben gegrübelt hast.«

»Was? Meine Gedanken über den Beruf?«

»Jaja, Albert … Ein Fensterglas ist nicht so geringzuschätzen, wie du glaubst, Albert. Es schützt dich im Winter vor der Kälte draußen und spendet dir gleichzeitig Licht.

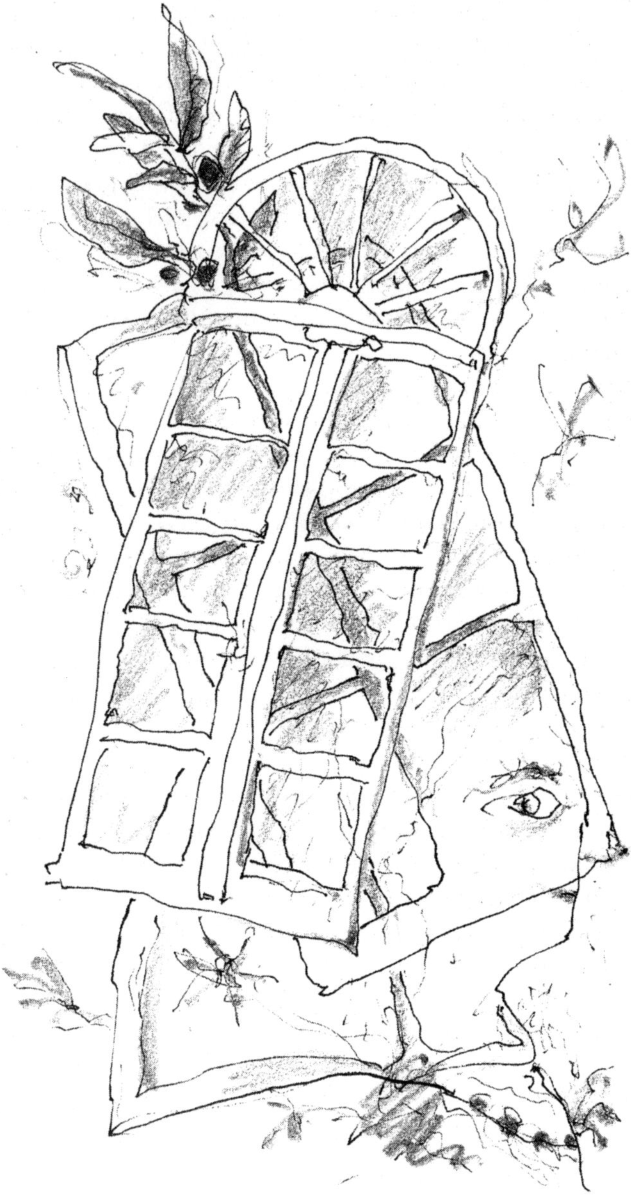

Meistens ist es im Leben doch so, daß Wärmendes mit Dunkelheit verbunden ist, oder etwas, das leuchtet, nicht selten auch Kälte bringt. Nur ein Fenster, bedenk das, mein Albert, gibt Licht, ohne die Kälte hereinzulassen, und es hält die Wärme und zugleich auch das Licht drinnen. So ist ein Fenster beschaffen, und das bedeutet mehr, als mancher begreift. Deshalb darfst du Fenster nicht verachten, und auch meinen Beruf nicht, womit ich mich ernährt habe und alle in Lidköping, denen ich beistehen konnte und weiter beistehen werde – auch dir, Albert, wenn du in Not gerätst.«

»Nein, Sara, das wirst du nie brauchen. Fleiß, großer Fleiß in meinem Beruf ..., denn auch ich habe einen Beruf! Geliebtes, gutes Mädchen, jetzt fühle ich – herrliches Gefühl –, was es bedeutet, fleißig zu sein. Ich werde und will verdienen! Dieses Wort, das früher so gemein in meinen Ohren klang! Verdienen will ich! Arbeiten! Und damit nicht nur mir selbst helfen, sondern allen in Lidköping, denen ich beistehen kann. Beruf und Fleiß – du, Sara, hast mich die rechten Worte gelehrt!«

Er nahm ihre Hand.

Wieder, wie so oft, hat sich die Geographie von unserer Geschichte überrumpeln lassen. An welcher Stelle war es doch, wo letztere sich wieder in den Vordergrund drängte? Ach ja, auf dem Weg nach Enebacken. So mag die Geographie dort noch einmal in Erscheinung treten, sich dann aber aus unserer Geschichte davonstehlen.

Enebacken – man hat die Kirchen von Holmestad, Göteneds, Skälvum und sogar Vättlösa in einiger Entfernung zur Linken. Dann verläuft der Weg so, daß man Husby und sogar die Kleva-Kirchen auf dem Kullen sieht. Kurz darauf erblickt man die Kirchen von Broby, Källby, Skeby ..., unfaßbar, wie viele Kirchen!

Aber dann ist Schluß. Ein großes Gewässer breitet sich

zur Rechten aus, und sein Anblick versetzt den Reisenden in schauderndes Entzücken: er fürchtet, der ganze Vänersee dränge auf ihn ein, zumindest bis zu den Radnaben, und er zweifelt nicht daran, daß der feuchte gelbe Ufersand, auf dem er dahinfährt, einst unter den Wogen des Sees gelegen hat. Der Väner ist ein geheimnisvolles Wesen, das sich ein wenig zurückgezogen hat. Wer weiß, ob es nicht plötzlich und unerwartet wieder auftaucht und seine alten Rechte zurückholt? Besonders bei Nordsturm hat man diesen erregenden Eindruck.

An jenem Tag schwieg der Wind, und der See lächelte. Sara wartete darauf, jeden Augenblick ihr Lidköping zu sehen. In ihrem Innern erwachten die lieblichsten Erinnerungen.

Dem Erzähler sei jedoch gestattet, auf einen Umstand hinzuweisen: Die beiden hatten das besondere Glück, den ganzen Weg im Zweispänner fahren zu dürfen. Denn die meisten Reisenden, die ohne eigenes Gefährt unterwegs sind, müssen sich mit einem Bauernkarren begnügen. Und diese Karrenfahrten sind manchmal eine Schinderei. Es war also eine glückliche Fügung, die den beiden widerfuhr, und die nächstliegende Erklärung ist vielleicht, daß die Natur – wie selbst Mediziner, die sich sonst nie mit dem Schicksal befassen, behaupten – der Frau ganz besondere Fürsorge angedeihen läßt, ihr ehrerbietig, zurückhaltend, achtsam begegnet und sich geradezu scheut, ihr zu schaden. Das ist eine mystische, aber heilige Vorstellung. Möge deshalb auch der Mensch sich ebenso ehrerbietig verhalten und das Knie beugen vor einem Geschenk des Himmels, das, unbekannt ..., verkannt ..., um uns ist – so nahe, so wohltuend, so geheimnisvoll, so unbeachtet und trotzdem so beständig.

Daß unsere beiden Reisenden das Glück hatten, im Zweispänner fahren zu können, lag vor allem daran, daß Albert keinen Kutscher anforderte, wenn ihm die Pferde gut erschienen, sondern selbst kutschierte. Darauf gingen die Bauern, wenn sie merkten, daß einer sich darauf verstand, gern und dankbar ein. So waren denn der Sergeant und Sara die meiste Zeit allein gefahren.

Sie erreichten Lidköping. Als sie durch die erste Straße der Stadt fuhren – sie war breit, groß und gut, aber etwas ungleichmäßig gepflastert –, sagte Sara:

»Lieber Albert, laß mich absteigen, hier bin ich seit meiner Kindheit daheim, hier möchte ich zu Fuß gehen. Du kannst fahren, ich gehe allein.«

»Nein, ich steige auch ab, gehe nebenher und lenke.«

»Nicht doch, das sieht nicht gut aus! Und noch etwas, Albert. Fahr allein zum Gasthaus, es liegt am Marktplatz, auf der anderen Seite. Ich gehe zu mir nach Hause; ich will erst einmal allein dort sein und sehen, wie es mit meiner armen Mutter steht.«

»Ich möchte sie auch sehen.«

»Nein, Albert. Wenn sie noch lebt, würde sie über dein Erscheinen entsetzt sein. Das will ich nicht.«

»Mein Gott! Was sagst du da?«

»Weil du dich unweigerlich verraten würdest. Du würdest dich mir gegenüber so verhalten, daß sie in dir einen Freier ahnte. Die Vorstellung, in dir den künftigen Ehemann ihrer Tochter zu sehen, ließe sie erbeben. Ich könnte sie schwerlich davon überzeugen, daß du um alles in der Welt nie mein …«

»Ha!«

»Sei unbesorgt, lieber Albert. Du wirst bald zu uns kommen und dir die Zimmer ansehen können, die du zu mieten gedenkst. Aber warte, bis ich nach dir schicke. Fahr jetzt die Straße geradeaus, es ist nicht schwer, sich hier in Lidköping zurechtzufinden. Du kommst jetzt direkt zu jener Brücke über den Lida, von der wir gesprochen haben, auf der – du weißt schon.«

»Ha!«

»Über die fährst du, aber betrachte auch die Aussicht rechts und links, denn ein schönerer Fluß als der Lida fließt durch keine Stadt. Ein Stück weiter auf diesem Weg kommst du zum Marktplatz. Einen größeren gibt es nicht auf der Welt. Fahr geradeaus über den Platz bis zu der Straße, die ganz links einmündet. Diese Straße führt zu einer anderen Zollgrenze, wo der Weg weitergeht nach Göteborg. Auf dieser Straße fährst du nur bis zur nächsten Querstraße vom Marktplatz aus, dort an der Ecke ist das Gasthaus. Quartier dich dort ein, laß alle unsere Sachen abladen, nimm auf deine Rechnung eine Kammer für eine Nacht, oder bis ich dir Bescheid geben lasse. Ich werde von zu Hause einen Lehrling nach meinen Sachen schicken. Du wirst sie doch herausfinden?«

»Es steht wohl nicht auf allen S V, aber ich werde es versuchen.«

»Du bist geistesabwesend, lieber Albert. Wenn du angekommen bist, iß etwas, stärke dich und denke nicht soviel an mich. Du erkennst doch wenigstens deine eigenen Sachen wieder? Alles, was nicht dein ist, gehört mir – und das laß den Jungen hinuntertragen.«

»Was nicht dein ist, gehört mir!«

»Sei doch nicht verstimmt, und sei auch nicht schüchtern! Du bist in einer angenehmen Stadt, weißt du. Schau die Menschen an, wenn du durch die Straßen fährst. Du wirst merken, daß hier fast jedes Mädchen hübsch ist – dafür ist Lidköping bekannt, ich gehöre zu den allerunscheinbarsten. Schau dich um und mach ein heiteres Gesicht. Ich möchte die heimliche Freude haben, daß jedes zweite Mädchen stehenbleibt, wenn du auf der Straße vorbeifährst, und denkt: Oha, was für ein hübscher Offizier!«

Der Sergeant nickte Sara, die abgestiegen war, zum Abschied halbwegs munter zu. Er fuhr los, langsam jedoch, und sah sich oft nach seiner wandernden Reisegefährtin um.

»Du fährst zu zaghaft«, rief sie und winkte. »Das paßt nicht zu einem Mann.« Da ließ er die Peitsche tüchtig durch die Luft knallen, und die Pferde trabten los. Sara Videbeck ging allein weiter.

Sie bog in eine Straße ab, die am Fluß entlangging, die Straße, die nach Hause zu ihrer Wohnung führte. Es war noch nicht spät, aber schon Abend. Wolkenschwaden zogen in langgestreckten, zerrissenen seltsamen Gebilden hier und da über den Himmel, doch es sah nicht nach Regen aus. Von Westen her trieb die Sonne ihren Scherz mit den ernsten, bedächtigen, hellgrauen dünnen Wolkengestalten.

Die Fußgängerin blieb an einer Querstraße stehen, wo einige Leute ihr entgegenkamen. Sie suchte unter ihnen nach bekannten Gesichtern, in Kleinstädten kennen sich fast alle. Sara kannte auch diese Leute, aber sie waren in ernste Gespräche vertieft und befanden sich in einiger Entfernung von ihr und bemerkten Sara nicht. Das Mädchen wunderte sich über das Verhalten der Leute, sie zeigten auf irgend etwas und wandten die Köpfe. Aber als sie vorbeigegangen waren, ging auch Sara weiter, auf die nächste Ecke zu. Hier blieb sie plötzlich wieder stehen, denn ein Leichenzug nahte. In solchen Augenblicken hatte sie sich immer respektvoll zurückgehalten, umsomehr jetzt, als sie erstaunt und bestürzt in dieser Prozession ihren eigenen Gesellen entdeckte, schwarzgekleidet. Einige der älteren Lehrjungen trugen zusammen mit anderen Bekannten einen Sarg. Es war der Sarg ihrer Mutter! Daran gab es keinen Zweifel.

Sie bemühte sich, ihre Bewegung, ihren inneren Aufruhr zu unterdrücken; ein Auftritt auf der Straße wäre unschicklich gewesen. In Reisekleidung, ohne das geringste Zeichen von Schwarz wollte sie sich nicht zeigen.

»Meine Mutter? Meine Mutter! Darf ich nie mehr dein Gesicht sehen?« rief sie aus, rang die Hände und zog sich noch mehr in die Nische zurück, in der sie stand, um den Trauerzug vorbeizulassen. Sie meinte zu hören, wie der Küster mit gedämpfter Stimme zu seinem Nachbarn in der Prozession sagte: »Vergangene Sonntagnacht.«

Die ernsten Wanderer bemerkten Sara nicht. Aber als der Sarg an der still weinenden Tochter vorüber war, war es ihr nicht möglich, den Weg nach Hause fortzusetzen. Sie sah, daß sich die Prozession zur Kirche hin bewegte. Ob es ein Begräbnis oder nur eine Beisetzung war, wußte sie nicht, aber es drängte sie unwiderstehlich, dem Zug auf Abstand zu folgen. Alles war noch verworren für sie, schrecklich, hatte sie allzu plötzlich überrascht. Sie mußte um jeden Preis ihre Mutter sehen, wenigstens den Sarg mit den Lippen berühren, bevor sie in die Erde gesenkt wurde.

Vergangene Sonntagnacht? stammelte sie in Gedanken. Wo war ich da? Am Donnerstag bin ich von Stockholm abgereist. Wenn sich die Reise nicht verzögert, wenn nicht ..., dann hätten wir – hätte ich schon Sonntagabend zu Hause sein können. Jetzt ist Mittwoch! Wo waren wir in der Sonntagnacht? Wo? In Bodarne, gab sie sich selbst die Antwort.

Während die Kirche von Mariestad besonders hoch liegt, die ganze Stadt beherrscht und überall sichtbar ist, befindet sich die Kirche von Lidköping in einem Teil der Stadt. Natürlich bemerkt man auch diese schon aus einiger Entfernung, weil sie immerhin ein ansehnliches Bauwerk ist, aber sie fällt nicht sofort und überall ins Auge. Sie liegt nicht direkt am Vänerufer wie die Kirche von Mariestad, aber sie ist von einem viel dichter bewachsenen, dunkleren, weihevolleren Friedhof umgeben.

Sara wollte sich auch deshalb dem Trauerzug nicht nähern, weil Frauen nie daran teilnehmen; und insbesondere diejenigen, die zu den Hinterbliebenen gehören, erscheinen nicht in der Öffentlichkeit – schon gar nicht auf dem Friedhof, wenn der letzte Akt vollzogen wird. Aber Sara mußte zum Friedhof! Wenn die sterbliche Hülle der geliebten Mutter nun in die Erde gesenkt werden sollte, mußte sie so aufmerksam wie möglich diesem Weg bis zum letzten Augenblick zu folgen suchen.

Es ging ihr nahe, als sie bemerkte, daß man den rangniedrigsten Geistlichen der Stadt mit der Verrichtung der Handlung betraut hatte. Der Sarg war umgeben von Menschen, die in der Werkstatt der Glasermeisterswitwe gearbeitet hatten. Sie gingen nur selten in Schwarz und wirkten schlecht ausstaffiert in den zum großen Teil geliehenen, zumindest zu klein gewordenen Kleidern. Aber die Gesichter aller dieser Menschen hatten bleich und eingefallen gewirkt, als sie an Sara vorbeigezogen waren. Ist es ihnen so schlecht ergangen während der drei Wochen, die ich von zu Hause weg war? Nein, es müssen Zeichen von Trauer oder Andacht sein, hoffte sie. Der Sarg befand sich schon weit im Innern des Friedhofs, als die Tochter, mit unsicheren Schritten, auch hineinzugehen wagte.

Sie schaute sich um. Nirgendwo waren Menschen versammelt, unter die sie sich hätte mischen können, um dem aufgeworfenen Erdhaufen näherzukommen, auf den ihr starrer Blick gerichtet war. Sie zog sich deshalb in die Nähe eines hohen Grabsteins zurück, abseits unter einem Baum. Selbst unsichtbar, konnte sie dennoch zusehen, wie ihrer Mutter die letzte – einzige – Ehre zuteil wurde. Die kleinste Glocke der Kirche begann matt zu läuten, der Pfarrer schlug die Gottesdienstordnung auf, der Küster stimmte den Psalm an.

Bei diesen Tönen fiel Sara im Gras neben dem Grabstein auf die Knie, die Tränen begannen zu strömen, der Kopf neigte sich zitternd auf die Blumen an der Grabkante, sie verbarg die Stirn in den Händen. »Meine Mutter! Meine Mutter!« rief sie laut, denn sie wußte, daß kein Sterblicher sie hier hören konnte. Ein glückseliger Gedanke erfüllte jedoch ihr Herz: Ich habe deinen Wunsch erfüllt, meine Mutter! Deiner unablässigen Ermahnung bin ich gefolgt. Oh, wo immer du nun bist, gib mir deinen Segen!

Wenn jetzt der Geist der Verstorbenen das Geschehen hätte verfolgen können, so würde er drüben an der Gruft die Schwarzgekleideten erblickt haben, die sich mit Sorgfalt und Achtung, doch ohne viel Worte – das Leben der Glasermeisterswitwe war ja nicht rühmenswert gewesen – mit der sterblichen Hülle beschäftigten. Aber hier unter dem Baum, zur größeren Freude für Himmel und Leben, vereinigten sich Zukunft und Nachwelt zu einem schönen Bild, und dieses Bild hätte dem Geist der Verstorbenen mehr, unendlich mehr Glückseligkeit schenken können. Himmlische Tugend, reine Sittlichkeit, wahre Pflichterfüllung bleiben oft unerkannt, werden verkannt, nicht bemerkt. Die Tochter stand verborgen, in stillem Gebet, die Menschen sahen sie nicht. Ein kühlender Wind strich über die Blumen.

Der Psalm war kurz, das Läuten schnell zu Ende, und der Pfarrer hatte nicht mehr Worte, als die Agende vorschrieb. Alles verlief somit, wie es sollte – nichts fehlte, aber auch nichts war hinzugefügt. Der Geselle hatte unter den eingesunkenen Augen einen bläulichen Schein auf den Wangen. Die Lehrjungen, von gesunder Hautfarbe, packten die bereitgestellten Schaufeln und warfen die Erde hinunter.

Albert hatte sein Ziel an der Straßenecke erreicht. Im ersten Stock des Stadtkellers hatte er eine Kammer genommen und lief darin hin und her, unruhig und neugierig auf Bescheid wartend, bald freudig erregt, bald verstimmt und mutlos. Er sah auf die Uhr, sie zeigte auf sieben, abends. Jetzt erschien es ihm unmöglich, gleich die Pferde für den nächsten Tag zu bestellen und dann sofort nach Sollebrunn zu reisen, um acht Uhr aber fand er, das wäre genau das richtige. Aber er mußte doch wohl vorher Abschied nehmen ..., und wann sollte er zurückkehren? Dies waren gewiß nicht sonderlich verwickelte Überlegungen, aber er hatte sich schon daran gewöhnt, vieles gemeinsam mit einem anderen Menschen zu überlegen, das wollte er auch jetzt tun; und er fühlte sich allein.

Seine Unruhe sammelte sich schließlich in einem einzigen Brennpunkt: der Verwunderung, daß kein Bote kam. Und stumm und steif saß er in seinem Ecksofa und starrte vor sich hin. Er hörte, wie eine Aufwärterin draußen Zimmertüren zuschlug. Er rief nach ihr mit donnernder Stimme. Sie kam wie im Flug.

»Hol mir eine Tasse Tee!« sagte er und schaute wild drein.

Gewöhnt an ungewöhnliche Reisende, ging sie gehorsam, schweigend und ohne zu fragen hinaus. Da rief er sie zurück, und sie kam wieder herein.

»Hast du gehört, was ich verlangt habe!« brüllte er.

»Ja, Herr.«

»Dann sieh zu, daß es schnell geht, während ich hier sitze und warte!«

»Auf mich hat der Herr nicht gewartet, soviel ich weiß«, sagte sie beleidigt und erbost.

Ach, wie ich auf dich warte! seufzte er in Gedanken, die Worte des Mädchens hatte er nicht gehört.

Der Tee kam, heiß und stark. Das Mädchen, das ihn brachte, sah verärgert aus, denn jeder kann die Geduld verlieren. Als der Sergeant die Tasse an den Mund setzte, verbrannte er sich so verteufelt, daß er aufschrie: »Zum Satan! – Hättest du nicht ein bißchen damit warten können?« fuhr er die Aufwärterin an. »Ich habe keine Lust, mich zu verbrühen.«

»Ich auch nicht«, antwortete das Mädchen aus Lidköping schnippisch.

»Bist du verrückt?«

»Nein, es reicht mit einem.«

»Ich werde etwas mehr Zucker und Sahne nehmen, dann kühlt es sich ab«, bemerkte der Sergeant, wieder zur Vernunft gekommen und bei besserer Laune. »Wie spät ist es?«

»Was kümmert's mich.«

»Du bist doch des Teu...«

»Darf's noch eine Tasse sein?«

»Ich sehe, die Uhr ist gleich neun, und noch keine Nachricht! Mach mir das Bett zurecht, aber hurtig, ich will mich hinlegen, da habe ich wenigstens etwas zu tun. Ja, gieß noch eine Tasse ein!«

»Im Bett Tee trinken?«

»Gieß ein und laß die Tasse dort stehen, dann werde ich sehen. Ich gehe inzwischen hinaus auf die Straße und schaue mich um, aber wenn ein Bote kommt, so ruf mich sofort herauf. Und mach inzwischen das Bett fertig.«

»Ein komischer Off'zier!« sagte das Mädchen, als er hinausgegangen war. »Er erwartet Nachricht, aber was kümmert's mich.« Flink machte sie das Bett zurecht. Sie war wütend, die Kissen und Laken flogen unter ihren Händen nur so hin und her. Hurtig – wie er befohlen – war das Bett fertig.

Äußerst melancholisch, bleich, den Kopf auf die Brust gesenkt, kehrte der Sergeant zurück.

»Ist noch keine Nachricht gekommen?« fragte er mit seiner sanftesten Stimme das Mädchen, das die Treppe heruntergesprungen kam.

»Nein, aber da oben ist alles in Ordnung.« Sie verschwand in den unteren Regionen. Er ging die Treppe hinauf.

In seiner Kammer warf er noch einmal einen Blick durch das Fenster hinunter auf die Straße, um zu sehen, ob nicht ... Doch niemand war zu entdecken.

Er saß lange am Fenster, aber nichts weiter geschah, als

daß es immer grauer um ihn herum wurde. »Ich lege mich hin!« sagte er schließlich laut, doch langsam und apathisch. Gegen seine Absicht war kein Einwand zu hören. Niemand war da, der ihm auch nur das Geringste bestritt.

Geistesabwesend zog er sich aus, legte sich hin und schlief ein, eingehüllt in das Laken und die graugesprenkelte Seidendecke des Gastwirts – an sich ein kostbares Stück, aber ohne Bedeutung für den Sergeanten.

Am nächsten Morgen – es war wieder ein Donnerstag, da am Abend vorher Mittwoch gewesen war –, am nächsten Morgen also erwachte der Sergeant. Niemand begrüßte ihn, niemand stand an seiner Seite auf, niemand nickte ihm zu. Niemand kam in das Zimmer, denn Frühstück hatte er in seiner trüben Stimmung am Abend vorher nicht bestellt. Doch war er immerhin Manns genug, sich aufzurichten und aus dem Bett zu steigen.

Unbegreiflich! dachte er.

Er wusch sich das Gesicht mit kaltem Wasser, zog sich so elegant an, wie es der Schnitt der Uniform gestattete, und trat schließlich vor einen großen Wandspiegel, um das übrige in Ordnung zu bringen. Die vornehm-blassen Wangen, die großen, dunklen und jetzt schmachtenden Augen, das schöngelockte Haar – das ganze Bild im Spiegel sah aus, als wäre er tatsächlich zum Fähnrich avanciert. Das weckte seinen Ärger, denn zur Zeit hatte er den entschiedenen und unergründlichen Wunsch, beim Unteroffiziersgrad zu bleiben. »Pfui, Weichling!« murmelte er. In seinen dunklen Augen blitzte es drohend, und er warf seinem Widersacher im Spiegelglas zornige, herausfordernde Blicke zu, die dieser, aus begreiflichen Gründen, sofort erwiderte. So ermunterten sich die beiden Herren gegenseitig, und nach einer Weile sah der Sergeant aus wie ein schwedischer Achill.

Jemand kam angetrippelt, die Tür wurde geöffnet, und das Zimmermädchen kam mit dem Bescheid herein, daß

Boten gestern abend die Sachen abgeholt hätten und daß diese Zimmer, die gemietet werden …

»Boten? Und ich habe nicht früher davon erfahren als jetzt erst!« Diese Worte kündigten Gewitter an. Das Mädchen wich schnell zur Tür zurück, faßte sich aber und erklärte, es sei so spät gewesen, daß der Herr Major schon längst geschlafen und sie natürlich nicht gewagt habe …

»Von wem kam die Nachricht?«

»Von der Videbeckschen.«

»Videbe…«, wieder ein Gewitterblick, doch er konnte nicht leugnen, daß genau das die richtige Bezeichnung für jenes Zwischending sein könnte, über das er so viel gegrübelt hatte. Er brachte es jedoch nicht über sich, den Namen auch so auszusprechen.

»Ja, oder von ihrem Haus, richtiger gesagt«, fuhr das Mädchen fort, »denn die Videbecksche selbst ist ja nun endlich dahin. Aber die Lehrjungen haben die Sachen alle genau wiedererkannt und sie ins Haus ihrer verstorbenen Herrin geschafft.«

»Verstorbenen! Was sagst du da? Himmel und Schrekken! Tot? Nein – und ich habe gestern nichts davon erfahren?«

Das Mädchen antwortete verdutzt: »Der Bote sagte, daß diese Zimmer, die man mieten wolle, nun gemietet werden könnten und daß sie um acht Uhr heute morgen besichtigt werden sollten. Deshalb dachte ich, es wäre nicht nötig, den Herrn Major eher als jetzt am Morgen um sieben zu stören.«

»Um acht Uhr besichtigen, hat der Bote gesagt? Hier, in einer Viertelstunde ist es acht. Aber – ewiger Gott! Tot? Das ist unmöglich! Unmöglich! Unmöglich!

Er stürzte los und fragte an der Tür nach dem Weg zum Videbeckschen Haus. Das Mädchen erklärte ihn, so gut es seine Ungeduld und ihre Bestürzung zuließen. Er eilte davon.

Dieser Morgen war wunderbar schön. Der Sergeant kam zu einer der Straßen unten am Lidafluß. Die frische, junge Sonne des frühen Tages, all das Blau, das Grün, das Weiß in der Luft, an den Bäumen, an ..., ach, der Sergeant hätte Sinn dafür haben sollen, zu schauen und sich an so vielem zu erfreuen! Er hätte doch nach den Erzählungen der vergangenen Tage jetzt begreifen müssen, daß mit der Videbeckschen, die gestorben war, die Mutter gemeint war und nicht die Tochter. Aber er war so in Gedanken, daß er, ohne nachzudenken, dahinlief.

Schließlich sah er ein kleines, rotes Holzhäuschen, es erinnerte an die Strängnäsart, war jedoch gut erhalten. Auf der Straße hatte man in einem langen Streifen Tannenzweige gestreut, er fühlte ein Stechen in der Brust: Er mußte nun der Spur des Todes nachgehen.

Durch eine Lattentür mit Klinke kam er in einen geräumigen frisch gekehrten Hof. Er stieg eine niedrige, breite Treppe zu einem Vorbau hinauf. Die ziemlich große Haustür war mit Ahorn- und Birkenzweigen geschmückt. Auf den Dielen dufteten Kerbel und frisches Mädesüß. Dieser milde Wohlgeruch empfing ihn also – aber seine Knie zitterten, weil er wußte, daß damit, wie es der Brauch war, der Geruch der Vergänglichkeit übertäubt werden sollte.

Eine ältliche Frau kam ihm entgegen, sauber, doch äußerst bescheiden gekleidet; ihr Gesicht drückte eine Mischung von Kummer und Güte aus. Wieder schnitt es ihm ins Herz. Das ist sicher die alte Maja, dachte er. Was sollte er sagen? Wie sollte er beginnen? Schließlich stammelte er: »Ich habe gehört, daß hier Zimmer ...«

»Zu vermieten sind? Ja, eine Treppe hoch – wenn ich den Herrn führen darf.«

Er ging zur Treppe, aber ihn schauerte, denn wenn sie wirklich tot war, was um Gottes willen sollte er dann mit den Zimmern? Beinahe wäre er über die erste Treppenstufe gestolpert. Er drehte sich zu der alten Hausmagd um,

wollte etwas fragen, aber die Zunge weigerte sich zu gehorchen. Um nicht ganz stumm zu sein, sagte er: »Bevor ich hinaufgehe, möchte ich gern den Mietpreis wissen.«

»Zwanzig Reichstaler für ein Jahr, aber zwölf für das halbe Jahr, mein Herr. Bitte sehr ...«

Kalte, düstere, schneidende Worte! Aber ich schäme mich, nicht hinaufzugehen, da ich einmal hergekommen bin, dachte er. Er stieg hastig die Treppe hinauf.

Die Alte führte ihn in zwei kleine Stuben mit rosa Tapeten.

»Bitte sehr, setzt Euch und schaut sie inzwischen an«, sagte sie, ging hinaus und schloß die Tür.

Mich setzen? Nein, nein. Großer Gott, was habe ich hier zu suchen? Trotzdem, was für Stuben! Anheimelnd, herrlich anheimelnd! Hier ist ganz frisch gescheuert, als wäre es heute nacht geschehen. Aufgeräumt, saubergemacht und blütenreine Gardinen aufgesetzt. Ein Gast wurde erwartet, das sieht man. Und Levkojen am Fenster? Sieh an, diese Spiegel mit Rahmen. Die Rahmen ebenfalls aus Glas, mit Goldpapier unterlegt. Natürlich. Und die andere Stube? Auch dort rosafarbene Tapeten? Aber ein wenig anders. Ach, wer hier wohnen dürfte, wenn ..., wenn ..., das heißt, wenn – gütiger Gott! Ganz sicher waren es diese kleinen Stuben, von denen sie in jener Nacht in Arboga träumte, als ...

Die Tür wurde geöffnet. Sie trat ein. Der Sergeant zuckte zusammen beim Anblick eines schwarzgekleideten Mädchens: ein Mädchen in Ratiné, mit Saras Kopf, mild lächelnd, als sie seine Bestürzung bemerkte. Sie trug einen breiten, leicht gestärkten Linonkragen über der Brust. Die Wangen waren bleich.

»Ich habe Trauer, wie du siehst«, sagte sie.

»Wie bin ich froh – du lebst? Du lächelst?« rief er aus.

Die Trauer, von der sie gesprochen hatte, lag wie ein feiner Schatten um ihre Augen. Aber das Email der Augäpfel schimmerte bläulich-weiß wie immer, und die Pupillen glänzten.

»Albert!« sagte sie.

Er antwortete nicht, sah sie nur an.

»Wie gefallen dir diese Stuben? Willst du sie mieten? Aber du kennst sie ja noch gar nicht richtig. Darf ich dich jetzt zu mir einladen, damit du siehst, wie es bei mir unten ist? Das Frühstück wartet. Und wenn du nicht gleich heute weiterreist, dann bitte ich dich auch zum Mittagessen. Geht das alles an, Albert?«

Er sagte immer noch nichts. Aber sein ganzer Gesichtsausdruck gab die Antwort: Es geht an.

Anmerkung der Übersetzerin

Almqvist läßt in seinen Erzählungen neben den erfundenen Gestalten häufig authentische Personen auftreten, oder er erwähnt sie – mit vollem Namen oder Initialen, die für das zeitgenössische Publikum leicht zu entschlüsseln waren. Hier kommen vor: Pastor Su (S. 16) = Sundborg, Pastor in Ulricehamn;
Hörstadius (S. 54) war ein bekanntes Original, Pastor und Besitzer großer Ländereien, der ein Vermögen von mehreren Millionen Kronen hinterließ, das er vor allem als größter Schnapsbrenner des Landes erworben hatte;
Familie S. (S. 89) = Silfverschiöld, bekannte Großgrundbesitzerfamilie;
Dorchimont (S. 103) war Chef des Västgötadals-Regiments;
Frau ... (S. 118) = Catharina Elisabeth Ehrenborg (1818–1880), Verfasserin religiöser Schriften und Kinderbücher.

In einem Brief 1837 an einen Jugendfreund betrachtete Almqvist mit Sorge die »allgemeine Verstimmung und Trägheit« und fragte sich, ob nicht gerade er dazu bestimmt sei, »ein Stein des Anstoßes zu sein, ein Wecker, eine Figur, die großes Mißfallen erregt oder große Freude – je nachdem«.

Dieses Selbstverständnis des vierundvierzigjährigen Dichters und Publizisten sollte aufs nachdrücklichste bestätigt werden, als 1839 sein Kurzroman »Det går an« erschien. In der schwedischen Öffentlichkeit brach ein Sturm der Entrüstung los, das »große Mißfallen« war nahezu einhellig, und kaum jemand wagte, zu sachlicher Auseinandersetzung zu mahnen, geschweige denn, offen für Almqvist und seine Ansichten Partei zu ergreifen.

Was verursachte diese gewaltsame Reaktion auf ein Buch, das der Verfasser selbst als »ein unbedeutendes kleines Stück« bezeichnete? War es die Kühnheit, eine Handwerkertochter und einen Unteroffizier als literarische Hauptpersonen vorzuführen? War es die Treffsicherheit, mit der in den Szenen an Bord des Mälardampfers ein Miniaturbild der schwedischen Ständegesellschaft gezeichnet wird – voller Sympathie für die kleinen Leute auf dem Vorderdeck, sarkastisch gegenüber den Passagieren im Salon? Derartige Verstöße gegen herrschende ästhetische Normen und den Zeitgeschmack hätte man dem eigenwilligen Schriftsteller noch nachsehen können, nicht aber die Verletzung eines der am hartnäckigsten verteidigten gesellschaftlichen Tabus der Zeit. Es war die schonungslose Kritik an der Ehe als Institution, an den als gottgewollt und

---

* Wir verwenden im folgenden den Originaltitel »Det går an« (Es geht an). Für die deutsche Übersetzung dieser Ausgabe wurde in Anlehnung an eine frühere Titelvariante Almqvists »Die Woche mit Sara« gewählt.

unabänderlich ausgegebenen Formen und Zwängen des Zusammenlebens, die jenen Meinungsstreit auslöste. Dabei spielte die Person des Kritikers keine unbedeutende Rolle. Carl Jonas Love Almqvist war bekannt als ein Mann, der in den erbitterten Auseinandersetzungen im Schweden seiner Zeit auf der Seite der liberalen Opposition gegen die herrschenden konservativen Kräfte stand. Seine reformerischen Ideen auf politischem, sozialem, religiösem, pädagogischem und ästhetischem Gebiet hatten ihn der weltlichen und geistlichen Obrigkeit schon verdächtig gemacht. »Det går an«, das Plädoyer für die Gleichberechtigung der Frau, bestärkte den Verdacht, daß der streitbare Verfasser an den Grundfesten der bestehenden Ordnung rütteln wollte. Dieser Eindruck war nicht unbegründet, denn Almqvist hatte die Notwendigkeit einer Demokratisierung der Gesellschaft erkannt, für ihn wurde die Gleichberechtigung der Geschlechter immer mehr zu einer Schlüsselfrage. Die rechtlose Stellung der Frau in der schwedischen Gesellschaft empörte ihn zutiefst. Der alleinstehenden Frau waren die meisten Berufe verschlossen – sie taugte zum Dienstmädchen oder zur Gouvernante, zur Handlangerin auf dem Bau oder zur Prostituierten. Besonders trostlos war die Lage unverheirateter Mütter. Sie wurden »in einen Abgrund der Schande und des Unglücks gestürzt«, schreibt Almqvist in einer Zeit, in der nahezu die Hälfte aller in Stockholm geborenen Kinder unehelich waren. Aber auch die Stellung der verheirateten Frau war juristisch und ökonomisch schwach, geprägt von der überkommenen, durch weltliche und kirchliche Gesetzgebung festgeschriebenen Auffassung, daß sich die Frau bedingungslos unterzuordnen, der Vormundschaft des Mannes zu fügen habe. Erst in einem langwierigen Prozeß, gefördert durch öffentliche Debatten, vorangetrieben vor allem durch tiefgreifende Strukturwandlungen, konnte sich in der zweiten Hälfte des 19. Jahrhunderts schrittweise eine Liberalisierung des Familien- und Eherechts in Schweden durchsetzen. Der Paragraph über die juristische und ökonomische Vormundschaft des Ehemannes wurde erst 1920 abgeschafft.

Almqvist, seiner Zeit weit voraus, hat diese Entwicklung ideell mit vorbereitet. In programmatischen Schriften und konkreten Reformplänen, so in der Abhandlung »Die Gründe der europäischen Unzufriedenheit (Europeiska missnöjets grunder, veröffentlicht 1847), entwickelte er seine Kritik und seine alternativen Vorstellungen: freiwilliges Zusammenleben der Partner, ohne den Ehekontrakt, der die Frau entmündigt – Partnerschaft, gegründet auf echte Zuneigung, selbstgewählte Verpflichtungen, Gleichberechtigung und gegenseitigen Respekt. Diese Gedanken begannen schon in ihm zu reifen, als er den zitierten Brief schrieb. Aber die Erfahrungen mit seinen Zeitgenossen und sein pädagogischer Sinn sagten ihm, daß der Boden für das Verständnis derart radikaler Auffassungen erst vorbereitet werden müsse. Eine Romanhandlung mit Gestalten aus Fleisch und Blut, »ein Bild aus dem Leben« erschien ihm als die geeignete Form. So schrieb Almqvist, der das »Tendenzstück« in der Kunst verabscheute, »Det går an«, den ersten bedeutenden Tendenzroman der schwedischen Literatur. Spätere Kritiker wußten die lebendige Schilderung des Volkslebens, die stimmungsvolle Natur- und Landschaftsbeschreibung, die vielfarbigen Personenporträts, die frischen Dialoge zu schätzen und nannten den Roman ein frühes realistisches Meisterwerk. Die Zeitgenossen des Verfassers sahen indessen nur die Tendenz – und daß der Autor sie von einer anziehenden, selbstbewußten und selbständigen jungen Frau verfechten ließ, machte die schockierende Tendenz nicht gefälliger, eher noch erschreckender. Die Glasermeisterstochter Sara Videbeck mußte als das unzeitgemäß aufrührerische Geschöpf eines unzeitgemäß aufrührerischen Denkers und Dichters erscheinen. Die Reaktion war durchaus zeitgemäß: sie reichte von grobschlächtiger Beschimpfung als »Hurenpriester«, »Sittenverderber«, »Verführer der Jugend« bis zu hinterhältigeren Angriffen in Form von »Fortsetzungsschriften«. Sie knüpften dort an, wo Almqvist aufgehört hatte, führten Saras und Alberts Beziehung weiter und ließen sie entweder in die Bahnen der konventionellen Ehe münden oder völlig scheitern. Eine, wie sich zeigte, wirkungsvolle Methode, die Unmöglichkeit des »Det-går-an«-Programms vor Augen zu führen.

Selbst einer der späteren Herausgeber Almqvists bescheinigte 1875 rückblickend den damaligen Fortsetzern der »unfertigen Arbeit«, sie seien »völlig im Recht gewesen«, denn der Autor habe »dieses Bild aus dem Leben ohne Perspektive gemalt und den Lesern die schwarzen Zukunftswolken vorenthalten, die er als Denker und nicht weniger als Künstler sehr wohl an diesem ›irdischen Himmel‹ sehen mußte«. Im übrigen habe Almqvist selbst den »produktiven Leser« gefordert, der in der Lage sei, über den offenen Schluß einer Erzählung weiterzudenken und sie so »unaufhörlich zu vervollständigen«. Diese Forderung des Dichters wurde nun zu einer willkommenen Waffe in der Hand seiner Gegner, die sie gegen den unbequemen Kritiker der gesellschaftlichen Mißstände der Zeit nutzten.

Die Wirkungen der Kampagne waren nachhaltig. Dabei wird das Reagieren der Verfechter und Nutznießer des von ihm angegriffenen Systems für Almqvist nicht überraschend gewesen sein, auch wenn er vielleicht nicht mit dieser Heftigkeit gerechnet hatte. Schmerzlicher muß ihn berührt haben, daß er auch auf Ablehnung und Unverständnis bei jenen stieß, die er »wecken« und deren Sache er vertreten wollte.

Das Leben des Carl Jonas Love Almqvist (1793–1866) verlief sehr wechselhaft, in materieller Unsicherheit, überschattet von Spannungen und Konflikten, die teils objektiv, teils subjektiv bedingt waren. Er stammte aus bäuerlich-bürgerlichen Kreisen, in die von seiten der mütterlichen Familie kulturelle und aufklärerisch-humanistische Anregungen eingebracht wurden. Während seiner Universitätsstudien in Uppsala kam der junge Jonas Love in Berührung mit der Ideenwelt des Mystikers Swedenborg, die in religiösem Gewand sozial-progressive und gesellschaftsreformerische Züge enthielt. Sie gewannen in Verbindung mit Rousseaus aufklärerischen naturphilosophischen Gedankengängen Bedeutung für Almqvists Denken. Diese Einflüsse prägten vor allem seine Jugendperiode, verschwanden aber nie ganz.

Almqvist beobachtete sehr wach die wesentlichen europäischen Zeitströmungen und ihre direkten oder vermittelten Wirkungen auf seine Umwelt. In Schweden stand der Industriekapitalismus vor seinem Durchbruch, die Verschärfung der Klassengegensätze deutete sich an. Zunächst spielten sich die Auseinandersetzungen vor allem zwischen den Vertretern der konservativen Ständegesellschaft und dem frühkapitalistischen Bürgertum ab. 1830 wurde die erste moderne schwedische Zeitung gegründet, das heute noch existierende »Aftonbladet«, um das sich die bis dahin verstreut gruppierte liberale Opposition zu sammeln begann. Sie forderte eine Reform des Reichstags, Gewerbefreiheit und eine Reihe sozialer Veränderungen.

Jonas Love verfolgte diese Entwicklung mehr und mehr engagiert. Schon früh hatte er sich mit den gesellschaftlichen Zuständen auseinandergesetzt und seine Unzufriedenheit u. a. in seinem ersten großen Prosawerk, dem Briefroman »Amorina« (1839) formuliert. Zugleich hatte er mit persönlichen Niederlagen und Enttäuschungen, mit dem Widerspruch zwischen Ideal und Wirklichkeit, zwischen Theorie und Praxis zu kämpfen: in einer problematischen Ehe, bei dem Versuch, ein naturverbundenes bäuerliches Leben im Kollektiv mit Gleichgesinnten zu führen. Enttäuscht zurückgekehrt nach Stockholm, wurde er Lehrer und Schuldirektor, der bei seinen Schülern »große Freude« und bei den vorgesetzten Behörden »großes Mißfallen« erregte. Bemühungen um ein Universitätsamt scheiterten an wissenschaftlich mehr qualifizierten, vor allem aber in einflußreichen Kreisen besser angeschriebenen Mitbewerbern. Auch der Versuch, als Geistlicher Fuß zu fassen, mißlang.

In allen Bereichen, mit denen er in Berührung kam, stachelte die vorhandene Stagnation seinen Veränderungswillen an. So setzte er sich für Reformen im schwedischen Schulwesen ein, für die Erprobung neuer Lehrinhalte und Unterrichtsmethoden – als Pädagoge und als Autor zahlreicher Bücher für den praktischen Schulgebrauch, gemäß seinem humanistischen Erziehungsideal, »schon frühzeitig dem zarten Sinn eine demokratische Denkweise einzuschärfen, welche sich dann vielleicht in Staat und Gesellschaft geltend zu machen vermag.«

In dem Staat und der Gesellschaft zu Almqvists Zeit mußten derartige Ideale und Absichten höchst verdächtig, ja gefährlich erscheinen. Als schießlich »Det går an« publiziert wurde, bot sich die geeignete Gelegenheit, gegen den mißliebigen Demokraten vorzugehen. Almqvists Gegnern gelang es, den streitbaren Mann immer mehr in die Isolierung zu treiben, seinen Ruf zu schädigen, seine materielle Lage immer unsicherer zu machen. Eine Zeitlang konnte der Dichter sich noch literarischen Plänen und Projekten widmen und seine Mitarbeit an »Aftonbladet« und anderen liberalen Oppositionsblättern fortsetzen, bis ihn auch die opportunistischen Liberalen zu radikal fanden. Der Druck wurde immer stärker, der Zwang zum Schreiben »fürs tägliche Brot« immer lähmender. Die endgültige Katastrophe brach über Almqvist herein, als er des Diebstahls, der Wechselfälschung und des Mordversuchs an einem Wucherer verdächtigt wurde. Der wahre Sachverhalt ist bis heute nicht völlig geklärt und gibt Stoff für Spekulationen wie auch seriöse Rekonstruktionsversuche. Unbestritten ist, daß einflußreiche politische Kreise, die Almqvist haßten, zu jeder Intrige in der Lage waren. Der Verdächtigte entzog sich dem drohenden Prozeß 1851 durch die Flucht nach Amerika. Fünfzehn Jahre verbrachte Almqvist im Exil, in persönlicher Misere und literarisch wenig produktiv, und kehrte, einundsiebzigjährig, nach Europa zurück. In Schweden immer noch in Ungnaden, starb er 1866 in Bremen.

Seine Flucht wurde in der schwedischen Öffentlichkeit als Eingeständnis der Schuld angesehen und zu einer beispiellosen Hetz- und Verleumdungskampagne gegen die progressiven Kräfte ausgenutzt. Wie die herrschende Klasse Almqvist sah, belegen viele Äußerungen, darunter die wenig würdevolle aus erzbischöflichem Munde: »Wir können froh sein, daß wir das Aas Almqvist los sind« oder der triumphierende »Nachruf« des reaktionären »Morgonbladet«: »Ein rächender Geist scheint über jenen zu schweben, die durch das Verbreiten der Lehren des roten Radikalismus die Gesellschaftsbande auflösen, den Frieden unter den Bürgern stören, die allgemeine Ordnung erschüttern, den Staat dem Zerfall preisgeben und ihn ins Elend stürzen wollen.«

Was da als »roter Radikalismus« denunziert wird, ist Almqvists kritische Einstellung zum herrschenden Klassensystem, seine Sympathie für die in diesem System Benachteiligten, sein Eintreten für eine gerechtere soziale Ordnung. Seine Betrachtungsweise ist widersprüchlich, sie hat idealistische Züge, weist aber auch Ansätze dialektischen Denkens auf. Schwärmerische, wirklichkeitsferne Vorstellungen wechseln mit nüchternem Realitätssinn. Almqvists nahm Einflüsse der utopischen Sozialisten auf, aber der Zugang zur Gesellschaftsanalyse des wissenschaftlichen Sozialismus erschloß sich ihm nicht. Die Bindung an seine ideellen und sozialen Ausgangspunkte, die vergleichsweise Zurückgebliebenheit der schwedischen Verhältnisse und seine persönliche Situation setzten Grenzen, die er nicht zu überschreiten vermochte.

Diese Widersprüche prägen Almqvists gesamte schriftstellerische Produktion. Sie ist, geschaffen unter oft widrigen Lebensumständen, außerordentlich umfangreich und vielfältig in den Genres: phantastische und kritisch-realistische Romane, Novellen und Dramen, Schilderungen aus dem Volksleben, Programm- und Streitschriften zu gesellschaftspolitischen und ästhetischen Fragen, Zeitungsartikel und Korrespondenzen von Reisen in Schweden und in Europa, Lyrik, genannt Songes (Träume), die er auch selbst vertonte. Almqvist hatte vor, seine literarischen Arbeiten zu einem Zyklus, dem »Buch der Dornenrose« zusammenzufügen, in dem die einzelnen Werke durch eine Rahmenhandlung verbunden werden. Er gab ihr die Form einer Gesprächsrunde in einem Jagdschloß (siehe auch Auswahl »Die Nacht des Dichters«, erschienen 1982 bei Reclam, Leipzig), die Beteiligten kommentieren die jeweilige Handlung und ihre Personen und diskutieren über philosophische, ästhetische und politische Fragen. Almqvist ordnete die Geschichte von Sara und Albert, die zunächst als freistehende Ausgabe erschienen war, später auch dem »Buch der Dornenrose« zu und ließ das Für und Wider des Tendenzromans in der fiktiven Gesprächsrunde der Rahmenhandlung erörtern. Den großen Entwurf des Dornenrose-Projekts konnte er jedoch nur zum Teil ausführen.

In den Zeiten seiner noch ungebrochenen Schaffens- und Widerstandskraft verwirklichte dieser schwedische Schriftsteller, was er als seine ästhetische Konfession in dem Aufsatz »Poesie und Politik« (Poesi och politik, 1839) formulierte: eine realistische Kunst, die sozial zu wirken vermag.

Carl Jonas Love Almqvist war nicht nur zu seinen Lebzeiten als Schriftsteller und als Person »Stein des Anstoßes«. Das Bild des schillernden, doppelgesichtigen Künstlers, des charakterlich und moralisch zweifelhaften Menschen, das seine Gegner von ihm gezeichnet hatten, bestimmte in Schweden bis weit in unser Jahrhundert hinein die Einschätzung seines Lebens und Werks. Nur allmählich setzte sich eine unvoreingenommene Bewertung durch, die dem realistischen Schriftsteller, dem demokratischen Denker und Gesellschaftskritiker gerecht wird. Seit einigen Jahren gibt es von seiten der Wissenschaft und Öffentlichkeit großes Interesse an der Wieder- und Neuentdeckung Almqvists, der eingehenderen Erforschung und Interpretation seines Gesamtwerks. Die Besinnung auf Traditionen und Ausgangspunkte realistischer Literatur wird als unverzichtbar für heutige Standortbestimmungen und für die Auseinandersetzung mit neokonservativen und neoästhetizistischen Strömungen verstanden. Die Zeit sei reif für diese Almqvist-»Renaissance« – so die Literaturwissenschaftlerin Karin Westman Berg anläßlich der Gründung der schwedischen Almqvist-Gesellschaft 1982 –, die gesellschaftliche Entwicklung seit den siebziger Jahren bringe seine Gedanken den Heutigen näher.

Almqvist hat gern gegen die Verbindung von Kunst und Tendenz, die er für unvereinbar hielt, polemisiert. Dem Tendenzroman räumte er allenfalls zeitweilige Wirkungschancen ein: »Gelegentlich kann auch ein mit Talent geschriebener Tendenzroman Eindruck machen und eine Weile leben. Ein echt artistisches Stück hat jedoch die Eigenschaft, niemals zu sterben.« Der Dichter Almqvist beweist indessen, daß diese vermeintliche Unvereinbarkeit nicht in der Sache liegt, sondern eine Frage des Gestaltungsvermögens ist. »Det går an« jedenfalls vereinigt beides: die Wirkung des Tendenzromans in seiner Zeit und die Eigenschaft des Kunstwerks, seine Zeit zu überdauern.

Anderthalb Jahrhunderte nach ihrem ersten Erscheinen erweist sich Almqvists Erzählung als überaus lebenskräftig.

Mai 1988

Anne Storm